밥만 먹고 레벨업

박민규 게임 판타지 장편소설

WISHBOOKS GAME FANTASY STORY

2

박민규 게임 판타지 장편소설

초판 1쇄 찍은 날 | 2019년 9월 4일
초판 1쇄 펴낸 날 | 2019년 9월 11일

지은이 | 박민규
펴낸이 | 권태완 우천제

기획 | 위시북스
편집책임 | 한준만
편집 | 위시북스

펴낸곳 | ㈜케이더블유북스
등록번호 | 제25100-2015-43호
등록일자 | 2015. 5. 4
KFN | 제2-4호

주소 | 서울시 구로구 디지털로31길 38-9, 401호
전화 | 070-8892-7937 팩스 | 02-866-4627
E-mail | fantasy@kwbooks.co.kr

ⓒ박민규, 2019

ISBN 979-11-293-4003-0 04810
        979-11-293-4001-6(set)

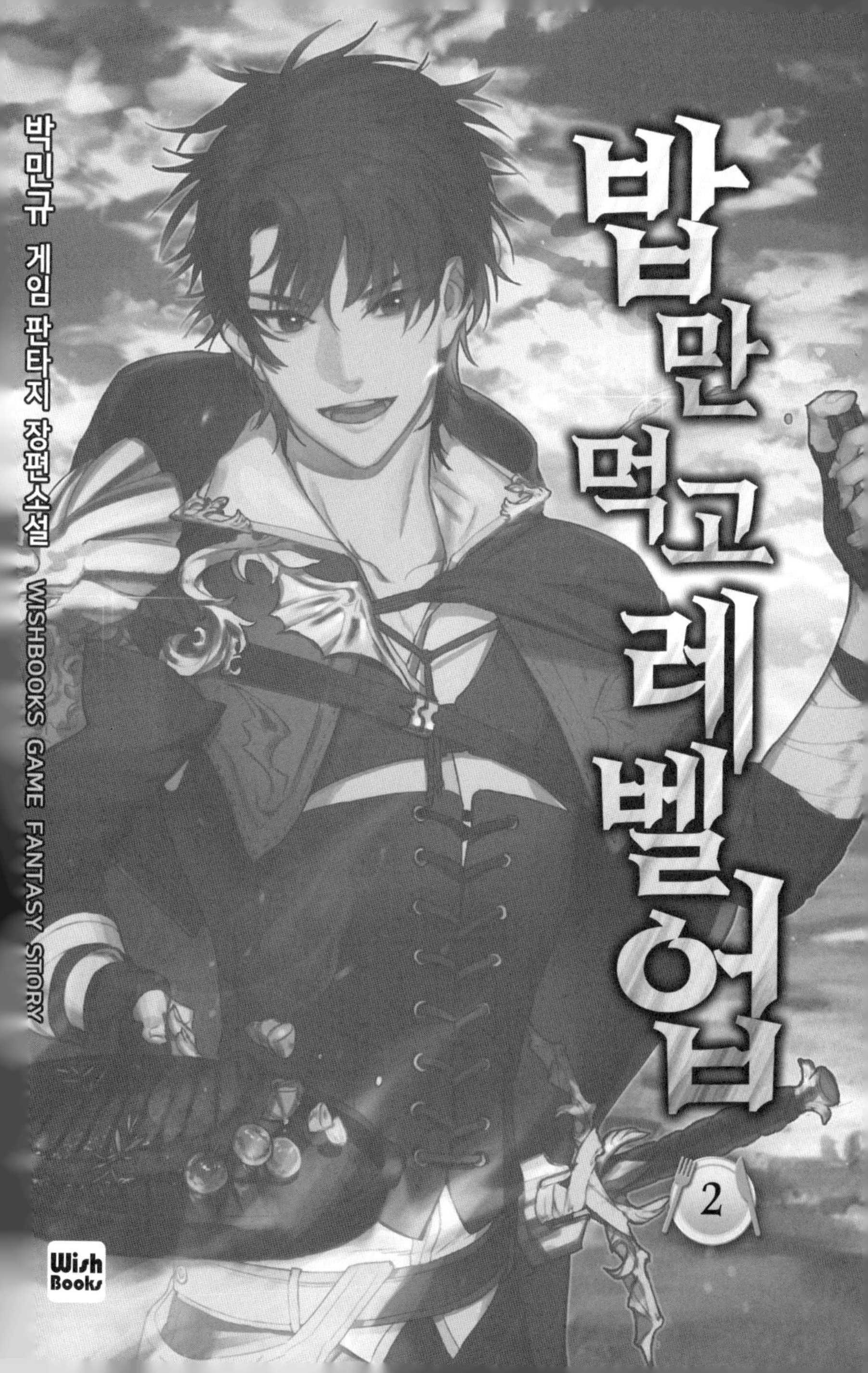
박민규 게임 판타지 장편소설
WISHBOOKS GAME FANTASY STORY
밥만 먹고 레벨업
2
Wish Books

CONTENTS

1장
식신(食神)은 삼겹살을 먹을 줄 안다(2)

민혁의 아버지 강민후이자 아테네에서 흑염룡인 그는 막 파
티 사냥을 끝내고 돌아오던 길이었다.

　그는 민혁을 보기에 앞서 레벨을 충분히 찍고 싶었는데, 생
각외로 아테네가 재밌었다. 때문에 그는 요새 꽤 즐기고 있었
으며 많은 돈을 들여 템도 최고가로 맞춘 상태였다.

　'후후, 모두가 놀라더군.'

　이제 그의 레벨은 고작해야 30이었다. 하지만 함께 파티 사
냥을 한 동 레벨대 유저들은 경악했다. 어떻게 템이 그렇게 좋
을 수 있냐면서.

　그는 빙그레 웃기만 했다. 대답해 주지 않아도 파티 사냥 내
내 웃음이 가득했다.

　'내 유머가 먹힌 것이지.'

그는 자주자주 유머를 던졌다. 일할 때도 그렇지만 게임 속에서도 즐겁게 해야 좋다는 것이 그의 지론이었기 때문이다. 그가 던진 유머는 이런 것들이었다.

'여러분, 창으로 적이 찌르려고 할 때 쓰는 말이 뭔지 아십니까?'
'뭐, 뭔데요. 흑염룡 니임!'

그들은 그가 입을 열기도 전에 푸웁 하고 웃곤 했다.

'창피해.'
'에?'
'창으로 적이 찌르려고 할 때 쓰는 말이 '창피해'라는 겁니다.'
'와하하하하! 정말 창. 피. 해. 요! 흑염룡 님!'

그러면서 그들은 말했다.

'와, 흑염룡 님, 화난 일 있거나 하실 때 이 말 쓰면 정말 멋있을 것 같아요.'
'어떤 거 말씀이신가요?'
'내 오른손에서 그 녀석이 미쳐 날뛰려 한다……!'
'와, 존머엇……!'
'개멋…….'

'아하, 그렇군요.'

파티원들의 단합력에 넘어간 흑염룡이었던 것이다!

그리고 그는 막 이스빈 마을로 넘어온 상태였다.

'우리 민혁이는 어딨으려나.'

이미 제네럴을 통해 아들의 위치에 대해서 들은 그였다.

그러던 중.

"아, ×발. ×같은 새끼. 내가 꼭 죽이고 만다. 민혁 ×자식!"

'음?'

어디선가 들려오는 아들의 이름에 흑염룡의 미간이 구겨졌다. 그리고 곧 그의 표정이 싸늘하게 굳어졌다. 무슨 일인지 모르지만, 그는 아들을 믿었다.

'저자가 먼저 잘못을 했기에 마찰이 생겼겠지.'

그는 조용히 정체 모를 유저의 뒤를 쫓았다.

'마을만 나가봐라, 이놈.'

그는 조용히 그자를 뒤쫓았다. 그리고 그가 마을 입구를 지나 조금 동떨어졌을 때였다.

"와, 내 PK 인생 역사상. 그런 새끼는 또 첨이네, 독사과를 처먹어? 넌 무한 PK다. ×새캬."

'역시…… 저자가 먼저…….'

흑염룡은 사과를 먹었다는 말에 아들이라는 것을 거의 확신했다. 그리고 이어 사내의 앞을 막았다.

"뭐야? 님 뭔데요?"

"……흑염룡."

"예? 뭐요? 닉네임이…… 푸흡! 흑염룡이세요?"

로이는 푸하하하 웃고 말았다. 웬 정신 나간 유저가 자신의 앞을 막고 흑염룡이라고 하고 있지 않은가.

그에 고개를 묵묵히 끄덕인 흑염룡. 그가 허리춤의 검을 뽑아 들었다.

"내 오른팔에서 그 녀석이 미쳐 날뛰려 한다!"

"……푸흡!"

로이가 다시 폭소하려는 찰나.

푸화아아앗!

템빨의 흑염룡이 빠르게 그를 공격했다. 그리고 카오 상태인 그를 가뿐히 죽였다.

"무한 PK가 뭔지 보여주마."

사랑하는 아들의 적. 그 적에게 본때를 보여주려는 흑염룡 이었다.

그리고 그날부터 흑염룡은 자신의 모든 수단을 동원해, 로이를 쫓았고 결국 그는 캐릭터를 삭제하고, 아이디를 새로 만들었다고 한다.

2

탁탁탁!

어수룩한 칼질 소리. 황혼의 무덤 보스방에 앉은 민혁이 요리를 시작했다. 먼저 만들기 시작한 것은 바로 된장찌개였다.

고깃집의 된장찌개.

기름진 삼겹살과 정말 환상의 조합이다. 그 찌개가 먹고 싶어 고깃집을 찾는 사람도 간혹 있을 정도.

우선 애호박과 양파를 썰었다. 어느새 불에 올려놨던 쌀뜨물이 펄펄 끓고 있었다. 육수용 다시마를 건져내고 된장과 쌈장, 고춧가루를 적당량 풀어준 뒤에 약불로 천천히 끓였다.

보통 고깃집의 된장찌개는 가정에서 먹는 것보다 간이 좀 더 세다. 하지만 그것이 묘미.

얼큰한 맛을 위해 민혁은 청양고추도 넣어주었다. 그리고 약불로 끓이면서 나온 거품을 살살 걷어준 후에 사각형으로 썬 두부를 넣고 뚜껑을 닫는다.

된장찌개가 끓는 동안 민혁은 손질되어 나온 재료인 삼겹살을 잘 달궈진 불판 위에 올렸다.

치이이이이익!

"크! 기가 막힌다, 기가 막혀."

그의 앞에는 뜨끈한 쌀밥, 명이나물, 참기름과 고춧가루를 넣은 파채, 썬 마늘과 쌈장, 상추, 깻잎, 오이고추 등이 있었다. 고기가 어느 정도 익었을 때쯤 뒤집는다.

치이이이익!

삼겹살이 익으면서 흘러나오는 돼지기름. 불판 한구석에 잘 익은 김치를 놓고 또 다른 한쪽엔 양송이를 올린다. 고기가 어느 정도 익으면 싹둑싹둑 잘라주고 마지막으로 더 끓인 된장찌개의 뚜껑을 열자.

쏴아아아아!

향기로운 냄새와 함께 수증기가 올라온다.

"헤……."

절로 입가에 미소가 감돈다.

'뭐부터 먹어볼까?'

자, 요놈이다. 물이 적당히 차오른 양송이.

"정력에 좋다는 요놈!"

민혁은 젓가락을 뻗었다. 그리고 아주 살살, 살살 집는다. 이것이 포인트다. 국물을 한 방울이라도 떨어뜨리지 않는 것. 그다음 입가에 가져가 호로롭 마신다.

"크흐!"

양송이의 적당히 뜨뜻한 물맛은 항상 입맛을 더 돋워주는 것 같다. 양송이를 입에 넣고 적당히 씹어 삼키자 부드럽게 넘어갔다.

그다음 잘 익은 삼겹살 하나를 집어 들었다. 시작은 참기름과 소금이 잘 섞인 기름장. 콕 찍어 입에 가져간다.

우물우물-

"해, 행복하다……."

민혁의 입가에 함박웃음이 생겨났다.

잘 익은 삼겹살. 입안으로 기름장의 고소하면서도 짭조름한 맛이 가득 퍼진다. 그리고 고기를 씹을 때마다 흘러나오는 육즙. 얼마나 잘 익혔는지 보들보들하다.

그다음 상추 위로 고기, 쌈장, 썬 마늘, 파채, 잘 익은 김치 등을 올리고 또 한 입.

"크하핫!"

쾌재가 절로 나온다. 그 후 뜨끈한 밥을 듬뿍 퍼서 입안에 넣는다. 입에 들어간 밥이 식도를 타고 넘어가기 전에 된장찌개에 수저를 가져간다.

"후, 후."

입김으로 적당히 식혀주고 치아를 살짝 벌려 입안으로.

"후릅!"

적당히 매콤하고 구수한 된장찌개와 밥이 만나자 환상 그 자체라고 할 수 있었다.

그다음 삼겹살의 기름과 만나 잘 구워진 김치로 삼겹살을 둘둘 말아 또 한 입. 그리고 명이나물 위로 삼겹살을 올리고 쌈장을 조금 넣고 돌돌 말아 또 한 입.

"너무 맛있는 거 아냐? 돼지, 너! 인간적으로 너무한 거 아니냐!"

그런 말을 하면서 민혁은 이제까지 먹고 싶었던 삼겹살을 원 없이 먹기 시작했다. 사실 민혁의 뚝배기는 50인용 뚝배기였으며 불판은 일반 식당의 판 네 개를 합쳐놓은 것만큼 커다란 것이었다. 그렇게 민혁의 행복한 식사가 이어지고 있었다.

"……."

특별 유저 관리팀. 다섯 명이 넘는 사람들이 넋을 놓고 모니터를 보고 있었다. 이민화는 민혁이 고기를 입에 넣을 때, 자신도 모르게 입을 벌렸다.

'그래, 어서 나한테 줘. 내 입으로 넣어달라고!'

그렇게 원하고 있었지만 아쉽게도 자신의 입으로 음식이 들어오지 않았다. 그녀는 마치 입안에 고기가 있는 것처럼 우물거렸다. 그러다 고개를 돌리고 깜짝 놀랐다.

"억? 뭐예요? 개발팀 분들 왜 여기 계세요? 응? 고객 센터 분도 계시네요?"

"아, 볼일 있다가 저희도 모르게 그만……. 아이씨, 이거 왜 계속 보게 되냐? 와, 나 먹방BJ 빈쯔 팬인데, 오늘부터 갈아타야겠다."

개발팀 사원이 감탄사를 터뜨렸다. 사람들은 그제야 정신을 차렸다.

"흠흠, 오늘 삼겹살 드실 분?"

"저요! 저요!"

"저도요!"

모두가 손을 들어 올려 보였다.

박 팀장이 입가에 묻은 침을 쓰윽 닦았다.

"결국 민혁 유저 식신 얻었네. 관리팀 고생 좀 하겠어."

개발팀 이석훈 팀장의 말에 박 팀장이 쓴웃음으로 고개를 끄덕였다.

"근데 저 사람 말고 식신이 어울리는 사람 없을 것 같아서 인정하고 있다."

"그래?"

그가 고개를 갸웃했다. 그러던 중 고객 센터 팀 직원이 말했다.

"근데 신 클래스 식신. 생각보다 스킬이 너무 평범하네요. 밥 먹고 스탯 올린다는 거 빼고."

그에 개발팀의 이석훈 팀장이 피식 웃었다.

"과연?"

"내가 봐도 안 평범한데."

"……다른 것도 있어요?"

"식신의 진가 스킬에 물음표가 과연 뭘까. 뭐, 선욱 씨는 모르겠네. 고객 센터팀이니까."

하지만 개발팀과 특별 유저 관리팀은 알고 있었다.

"저 물음표들이 바로 식신의 진짜 묘미야. 이제 곧 알게 될걸?"

30분 뒤.

"이제 안다면서요. 아직도 먹는데요?"

어느덧 개발팀은 모두 자신들의 일을 하러 갔다. 그리고 고객 센터팀 선욱만 남았다.

"크흠…… . 아니야, 이제 곧 알게 될 거야."

2시간 뒤.

"……아직도 먹는데요?"

"선욱 씨 안 가봐도 돼요?"

"저 오늘 월차 낸 날이라, 뭐 가지러 왔거든요. 아…… 궁금해서 기다리고 있는데……."

"음……."

2시간 뒤.

"오오, 다 먹었어. 드디어 정리한…… 뭐야, 이제 목살이여?"

"……아이씨, 내가 오늘 기필코 확인한다!"

1시간 뒤.

"지, 진짜 끝났다……."

"동물의 왕국 '코끼리의 식사 방식' 본 줄……."

"자, 이제 재밌는 걸 볼 수 있을 거야."

박 팀장이 눈빛을 빛냈다. 그리고 덧붙였다.

"하지만 이것도 아주 일부일 뿐."

"끄어억!"

던전의 몬스터들이 기겁할 정도의 트림을 한 민혁은 배를 문질렀다.

"후, 아직 배가 반의반도 안 찼지만 잠깐 쉬었다 먹어야지."

식사를 끝낸 후 민혁은 피식 웃었다. 정말이지 맛있었다. 행복할 정도로. 그리고 돼지로 또 무슨 요리를 할까 하는 생각에 설렜다. 그런 생각을 하며 물을 마실 때였다.

[식신의 진가가 발동됩니다.]
[힘 1, 체력 1을 획득합니다.]

"오? 진짜 스텟 오르네. 헐!"

민혁은 감탄했다. 이런 특별한 능력이라니 자신에게 정말 안성맞춤 스킬 같았다. 하지만 거기서 끝이 아니었다.

[환상의 궁합]
[된장찌개와 삼겹살의 조화]
[추가 스텟이 부여됩니다.]
[힘 2를 획득합니다.]

"……어?"

환상의 궁합이라? 이건 예상외였다.

음식의 궁합은 중요하다. 치킨에 파워에이드를 먹는다고 생각해 봐라. 맛있겠는가? 라면에 초코케이크를 함께 먹는다면? 이것 역시 끔찍하다. 달콤한 초코케이크엔 아메리카노. 햄버거에는 얼음 담긴 콜라나 감자튀김. 아침엔 제네럴이 그렇게 노래 불렀던, 군대 짬밥의 화룡점정이라고 할 수 있는 쇠고기미역국에 비엔나소시지, 김 조합처럼 음식의 궁합은 중요하다.

'첫 번째 알림은 음식을 그냥 먹었을 때의 알림이 분명하고……'

두 번째는…….

'식신의 진가의 물음표로 인해서 얻은 거구나. 이 물음표 중의 하나가 궁합 요소를 보는 거고.'

식신의 진가는 여러 가지 힘을 가진 것으로 보였다. 그걸 앞으로 찾아내는 게 민혁이 맛 탐방을 하는 또 다른 재미이지 않을까? 그리고 또 한 가지 알아낸 사실.

'많이 먹는다고 스텟이 그만큼 오르진 않아.'

하긴. 그랬다면 민혁의 스텟은 하루 만에 100개씩 올랐을지도 모른다.

'혹시 맛 궁합이 최악으로 떨어지면 스텟이 오히려 떨어질수도 있으려나?'

그럴 수도 있겠다는 생각이 들었다.

10분 정도 쉰 후.

"자, 이제 다시 삼겹살을 먹어볼까?"

아직 그의 먹자 본능은 끝나지 않은 것이다!

접속을 종료하고 나온 민혁은 실실거리며 웃었다.

"여러분, 저 오늘 삼겹살 먹었어요!"

"오오오오!"

"축하해~!"

"민혁 군, 축하하네."

모두가 박수를 쳐줬다.

그러던 중, 방 앞에 서 계신 아버지를 발견했다.

"아버지. 어? 왜 이렇게 피곤해 보이세요?"

"아니다. 일이 좀 있어서."

"쉬엄쉬엄하세요. 아들 맘 아프게."

"그래."

민후는 빙그레 웃었다.

열심히 로이라는 놈을 쫓아 척살 중인 그였다. 하지만 민후도, 민혁도, 거기에 창욱까지 모두가 로그아웃을 하고 모인 이유가 있었다.

그들이 모두 체중계 앞으로 향했다. 결과를 확인하는 날이었다. 몸무게를 잰다. 사실 민혁에게는 앞으로를 결정짓는 정말이지 중요한 날이라고 할 수 있었다.

거대한 체중계 앞에 선 민혁. 그는 사각팬티만 입고 긴장 어린 숨을 뱉어냈다.

"후우우우······."

그가 눈을 감고 체중계 위로 올라갔다.

쿠우웅-

어찌나 무거운지 올라서는 소리가 울릴 정도였다. 체중계의 숫자가 빠른 속도로 올라간다. 이진환과 민후는 긴장된 표정으로 몸무게를 확인했다. 이어서.

"눈 떠도 돼요?"

"그래."

"그래요. 민혁 군."

민혁이 찌푸리고 있던 눈을 실눈으로 살살 떴다. 그리고 몸무게를 확인했다.

173.2kg.

"······안 빠졌네."

그는 아쉬운 표정을 지었다. 허탈감이 몰려왔다.

"민혁 군. 너무 실망하지 마요."

그에 진환이 그의 어깨를 두들겼다.

"현재 몸무게가 달라지지 않았다는 건, 요요 현상도 오지 않고 있다는 걸 의미합니다."

"아······."

"거기에 지금 맛있는 걸 마음껏 먹고 있잖아요? 천천히 기다리다 보면 좋은 결과가 나올 거라고 저는 생각해요."

"정말이요?"

"네, 민혁 군은 건강한 돼지니까요."

"아, 진짜 쌤!"

두 사람이 마주 보고 웃었다.

민혁이 투덜거리며 운동을 하기 위해 창욱과 걸음을 옮겼다. 그리고 민후와 진환이 눈을 맞췄다.

"정말인가? 호전 증세를 보이고 있어?"

"그렇습니다."

진환이 진중한 표정으로 고개를 끄덕였다. 두 사람이 빠르게 걸음을 옮겼다. 곧 강민후가 따로 마련해 준 이진환의 개인 진료실로 들어왔다.

의자에 앉은 진환이 빠르게 종이 한 장을 건넸다. 그 종이에는 민혁이 게임을 하는 동안의 먹는 양이 표로 정리되어 있었다.

"아시겠지만 저희 의료진은 24시간 동안 민혁 군을 봅니다. 먹는 양, 소비되는 칼로리, 그 어떤 것도 놓치지 않고 철저하게 확인하고 있죠."

"그렇지."

"여기를 봐주시기 바랍니다. 이것은 5,122개의 방울토마토, 그 외의 비타민제, 영양제 등. 먹은 것을 기재한 표입니다."

그다음 진환은 또 다른 표를 꺼내어 내밀었다.

"이 표는 아테네 치료 시작 전입니다."

진환이 두 개의 표를 함께 보여줬다.

곧이어 그걸 확인하던 강민후가 눈을 크게 떴다.

"……주, 줄고 있어?"

"예, 보시는 바와 같이."

진환이 작게 웃음 지었다.

"치료 시작 전 민혁 군의 방울토마토와 같은 음식 섭취량은 하루에 10~30개씩 증가하고 있었습니다. 5천 개를 먹는 사람에게 그 정도는 사실 많은 증가량이 아니지만 이게 10일이 되고 100일이 되면 감당 못 할 정도가 되죠."

"그렇지."

"그리고 사실 어떤 치료로도 늘어나는 양을 막을 수 없었습니다. 그리고 지금 아테네 치료 시작 후의 표."

그가 눈을 빛냈다.

"하루에 2~4개씩 줄어들고 있습니다."

"그, 그래. 줄어들고 있어."

"분명히 아주 극소량입니다. 하지만 강 회장님."

이진환은 강민후의 손위로 자신의 손을 올렸다. 두 사람은 아주 오랜 시간을 함께한 동료이자 친구이기도 했기 때문이기에 가능한 것이었다.

"폭식 결여증이 나타나고 처음으로 호전되고 있습니다. 회장님께, 그리고 민혁이에게 또 저에게 희망이 생긴 겁니다."

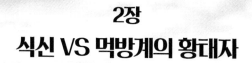

2장
식신 VS 먹방계의 황태자

"……."

민후는 말을 잇지 못했다. 하루에 2~4개. 고작 그 정도. 하지만 이제까지 한 번도 줄었던 적이 없었다.

"이 작은 변화는 분명히 호전이고 큰 폭으로 변화하게 될지도 모릅니다. 살을 빼는 데 정말 성공할 수 있다는 확신이 생긴 셈입니다."

"그래, 그렇겠지. 내 아들이 저렇게 행복하게 먹는 것만으로 병세가 호전되다니……."

그는 눈시울을 붉혔다. 그러다가 의아했다.

"그런데 왜 민혁이에겐 알리지 말라고 한 건가?"

"……글쎄요. 그런 말 아시나요?"

그는 쓴웃음을 지었다.

"SNS의 글들을 보면 이런 글들이 있습니다. '아, 나 오늘 열심히 살 빼려고 운동했다. 그래서 대견해서 치킨 시킴'과 같은 거죠."

"……아?"

"실제로 다이어트를 하는 사람 중에 운동 후에 극심한 공복감을 참지 못하는 사람들이 많습니다. 거기에 자신이 만약 호전 증세를 보인다는 걸 안다면요? 안도감은 오히려 독이 될 수 있습니다."

민혁은 아까 전 분명히 아쉬워했다. 그걸 보며 진환도 입이 간질거렸다.

"계속해서 먹는 양이 줄어들기 시작한다면 저희가 말하지 않아도 체중계를 통해 민혁 군은 그 사실을 알게 될 겁니다."

진환이 작게 웃음 지었다.

민혁은 아침 일찍 아테네에 접속했다.

그는 매일 같이 황혼의 무덤을 혼자서 깨곤 했다. 돼지를 잡기 위해서였다. 물론 황금 돼지가 식품 보관 인벤토리에 남아 있기는 했지만, 더 많은 양을 확보하고 보관하기 위함도 있었으며 더 자주 먹기 위함도 있었다.

황혼의 무덤은 레벨 15까지밖에 못 들어간다. 하지만 꾸준히 먹는 독사과와, 레벨업에 세 배의 경험치가 필요한 신 클래스의 패널티 덕에 민혁이 황혼의 무덤을 혼자 클리어해도 오르는 경험치는 많지 않았다. 원래대로라면 이미 15레벨을 달성하고 그곳을 나갔으리라.

"룰루루~"

황혼의 무덤 보스방에 앉아 있는 민혁은 흥거운 표정으로 기름을 잘 두른 프라이팬 위로 계란을 톡 까서 넣었다.

촤아아아아-

기름 위로 계란프라이가 춤을 춘다. 소금을 반꼬집 뿌려준다. 계란을 접시 위에 잘 담고 그다음 냄비에 참기름을 둘렀다. 조금 달궈졌을 때, 돼지고기를 넣어서 볶았다.

지글지글-

"아침에는 역시 김치찌개에 계란프라이지!"

민혁은 폭식 결여증에 걸리기 전을 떠올렸다. 그때는 가정부 아주머니가 한 번씩 뜨끈한 계란프라이에 돼지고기가 들어간 김치찌개를 학교에 가기 전에 해주시곤 했다.

그 맛, 그 기억을 잊지 못한다. 그런 날이면 아침에 밥을 몇 공기 뚝딱 하고 나갔던 그였으니까.

돼지고기가 반쯤 익었을 때 물을 부어준다.

촤아아아-

그다음 잘 썬 김치를 넣고 고추장 한 스푼, 고춧가루 한 스푼을 넣는다. 칼칼한 맛을 위해 청양고추는 필수다. 보글보글 끓인 후에 마지막에 잘 썬 파를 올려주면 완성이다.

그리고 역시나 알림이 울렸다.

[이번 식사의 메인 재료를 선택해 주시기 바랍니다.]

"당연히 돼지고기지!"

[메인 재료로 돼지 앞다리살이 선택됩니다.]

"잘 먹겠습니다!"

민혁은 계란프라이도 찰지게 요리했다.

일단은 계란프라이를 밥 위에 올렸다. 양쪽 면을 다 익힌 계란프라이는 노른자 부분을 톡 건드리면 속 안에 덜 익어 있던 노른자가 주르르 흘러나온다. 그때 흰자와 흘러나온 노른자를 밥에 잘 얹어 먹는다.

우물우물-

"으으음, 이 맛이야."

다음으로 칼칼하게 끓인 김치찌개를 떠먹는다.

"허어, 칼칼하니 좋다!"

그렇게 몇 번 떠먹은 후에, 국물과 고기를 함께 올려 입에 가져간다.

우물우물-

돼지 앞다리살은 비계가 적어 퍽퍽한 맛이 없지 않아 있지만 씹는 맛이 있는 녀석이다. 그리고 함께 입안에 넣은 칼칼한 찌개 국물은 퍽퍽한 살을 좀 더 부드럽게 만들어준다.

입안이 조금 맵다 싶을 땐, 다시 계란프라이를 먹고 때론 따뜻한 밥 위에 잘 익은 김치를 얹어 먹으면 입안에서 부드럽게 씹히며 칼칼한 익힌 김치의 맛을 볼 수 있다.

그렇게 음식을 뚝딱 해치운 민혁이었다.

그때, 언제나처럼 알림이 들려왔다.

[식신의 진가]
[힘 1을 획득합니다.]

이어서.

[환상의 궁합]
[김치찌개와 계란프라이의 조화]
[추가 스텟이 부여됩니다.]
[힘 1, 체력 1을 획득합니다.]

"오호!"

환상의 궁합을 찾아내는 맛은 꽤 쏠쏠하다. 민혁은 더 맛있게, 더 만족스럽게 먹기 위해서 하는 것인데, 저절로 스텟도 올라가니까.

그리고 민혁은 각 재료에 따라 나타내는 빛의 색이 다르다는 것을 알아낼 수 있었다.

'어떤 스텟을 얻는지 보여주는 거지.'

붉은색 빛은 힘이나 체력이 올랐고, 채소와 같은 것은 미미한 푸른빛이 띠고 있었는데, 먹으면 민첩을 올릴 수 있었다. 현재까지 알아낸 색은 붉은빛과 푸른빛.

그리고 이는 메인 재료와도 연관이 있었다. 쉽게 말해, 메인 재료를 선택하라는 알림은 지금 먹는 음식이 어떤 스텟을 올릴지를 선택하는 기능이라고도 할 수 있을 것이다. 그리고 민혁은 최근에 체력과 힘이 월등히 높아졌다.

'돼지는 사랑입니다~'

황금 돼지를 먹는 민혁에게 다른 채소와 같은 음식이 주재료가 될 순 없었던 거다.

그리고 존재하는 또 다른 규칙.

'하루에 세 번 이상 음식으로 스텟을 올릴 수 없고 이미 해 먹은 음식도 올릴 수 없다.'

같은 음식. 이미 해 먹어보았던 음식은 스텟이 상승하지 않는다는 거다.

하지만 이마저도 사기였다. 그동안 올린 순수한 힘 스텟은 80 정도. 즉, 16렙은 되어야 가질 수 있는 스텟이다. 거기에 민첩은 순수 스텟만 45에 칭호, 아이템 착용 효과를 추가하면 더 높아진다. 남들과 확연하게 차이가 벌어진 것이다.

단순히 스탯만 높다고 볼 수 없었다. 아테네는 자신보다 레벨이 낮은 몬스터를 죽이면 경험치가 적다. 1~5렙 정도 차이 나는 동급의 몬스터를 잡으면 알맞게 들어오고 더 강한 몬스터를 잡으면 당연히 경험치가 대폭 상승한다.

따라서 스탯이 높은 만큼 더 강한 몬스터를 상대할 수 있는 민혁은 그만큼 폭렙할 수 있으며 이 레벨 차이는 앞으로도 줄어들지 않을 것이다. 다른 유저 만큼, 아니, 그 이상으로 민혁도 레벨업을 하기 때문에.

즉, 그는 언제나 레벨 대비 강함을 유지할 것이다. 아니, 음식을 먹는 한 격차는 계속 커질 것이다.

식사를 끝마친 민혁은 몸을 일으켰다.

'후, 이제 얼마 안 있으면 황혼의 무덤을 나가야 할 것 같단 말이지.'

아무리 독사과를 먹어도 경험치가 조금씩은 오르고 있었다. 그는 곧 이 던전 안에서 먹을 재료를 사기 위해 밖으로 나갔다.

이스빈 마을. 그곳에 사람들이 몰려들기 시작했다.

"야야야, 빈쯔야! 빈쯔! 야, 실물 존잘이다!"

"헐헐, 빈쯔 웃는 것 봐. 개 이뻐, 진짜 쩐다."

먹방BJ계의 일인자. 그리고 아테네 온라인의 국내 랭킹 19위

빈쯔. 그가 이스빈 마을로 온 것이다.

"안녕하세요, 안녕하세요."

빈쯔는 훤칠한 키에 다부진 몸. 그리고 훈훈한 성격으로 많은 팬을 확보하고 있었다. 거기에 더해 중저음의 목소리 톤이 시청자들에게 편안함을 주어서 넋 놓고 보게 되는 먹방계의 황태자 같은 사람이다. 게다가 국내 아테네 공식 랭킹 19위의 랭커 중의 랭커이기도 하였다.

'사람 많다.'

몰려드는 사람들을 보며 빈쯔는 빙긋 웃었다.

말할 때마다 하얀 입김이 새어나가는 초겨울이었다. 아테네의 계절 변화는 꽤 빠른 편이었고 며칠 전 쌀쌀하기만 했던 날씨가 빠르게 겨울이 온 것이다.

"오늘은 겨울철 하면 여러분이 가장 많이 생각할 그 음식을 먹기 위해 이곳 이스빈 마을로 오게 되었습니다."

몰려든 사람들의 중앙에 있는 빈쯔는 예의 바르게 소개했다.

"겨울철 하면 생각나는 먹거리?"

"붕어빵인가?"

"뭐지? 혹시 전기장판에서 귤 까먹는 거?"

"하하하하, 아, 그것도 정말 별미죠. 하…… 침 고였네요."

빈쯔가 한 유저의 말에 쾌활하게 웃어 보였다.

"하지만 제가 여기서 전기장판 깔고 누워서 귤 먹으면 유저분들 홈페이지에 '거지 빈쯔, 동냥 받은 귤 먹는 중'이라고 올릴 거잖아요."

"하하하하."

"호호호호!"

모두가 그 말에 웃음 지었다.

"이번 음식은요. 유저분께서 직접 판매하신다고 들었어요. 혹시 뭔지 눈치채신 분?"

"아, 혹시……!"

빈쯔가 이채를 띠는 여성을 보았다.

"……길거리 분식?"

"정답!"

"와아아아……!"

"겨울 퇴근길, 혹은 하굣길. 춥고 배고플 때, 항상 우리의 입맛을 자극하는 그것. 그것을 먹으려고 이곳에 왔습니다."

촤촤촤촤촤촷!

카메라 플래시가 터진다. 당연히 유저들 사이에는 현직 기자들도 다수 끼어 있었다. 아테네 온라인의 인기 때문에 현직 기자들이 게임에 접속해 실제로 기사를 따 가는 경우도 이젠 흔하게 찾아볼 수 있었다.

"이제 함께 가시죠."

빈쯔가 걸음을 옮겼고 유저들은 그를 따라 걸음 했다.

곧이어 작은 포장마차가 나왔다. 이런 포장마차를 운영하는 유저들의 경우 전부 직업을 '요리사'로 전직한 이들이 다수이다. 포장마차의 주인은 꾸벅 고개를 숙여 보였다.

'우리 가게에 빈쯔가 오다니……'

가게 주인은 요리사 중에서도 히든 클래스를 가지고 있었다. 바로 '행복의 요리사'다. 누군가 그의 음식을 더 행복하게, 맛있게 먹어준다면 경험치가 상승한다는 거다.

그리고 빈쯔는 그 사실을 미리 접해 알고 있었다.

"이분으로 소개할 것 같으면 행복의 요리사라는 히든 클래스를 가지고 계세요. 예를 들어 유저가 음식을 먹으면서 느끼는 행복을 시스템이 수치화해서, 그에 따른 경험치를 부여하는 거죠."

"맞습니다. 사실 그런데, 제 직업은 조금 애매합니다."

"애매하다뇨?"

빈쯔는 먹기 전, 먼저 인터뷰 형식으로 진행했다. 이는 마케팅 방법의 일종이다.

행복의 요리사 직업을 가진 주인이 말했다.

"배부르게 먹고 온 유저분들은 아무리 제가 맛있게 요리한 걸 먹어도 경험치가 안 오르거든요."

"아하, 그렇군요? 말 그대로 정말 행복하게 음식을 먹어야지만 경험치가 오르는 거네요?"

"맞습니다."

"오호, 독특한 직업이시네요. 하하."

빈쯔는 빙긋 웃었다. 그는 음식을 사랑하고 아낀다. 그리고 유저들에게 그것을 진심으로 보일 수 있는 기회다.

어떤 이들은 빈쯔가 돈을 벌려고 먹는다는 말을 하기도 한다. 하지만 정말 먹거리가 좋아 일을 시작한 빈쯔였다.

물론 지금은 조금 변질되긴 했다.

'회사에서 원하니까.'

어느 정도 어쩔 수 없는 일이다. 그에겐 이제 '일'이 되어버렸다.

"자, 유저분 중 먼저 드실 분 계신가요?"

"저요!"

한 남성이 손을 번쩍 들며 외쳤다.

"저도요!"

여성 유저도 몇 외쳤다. 그들은 빠르게 앞으로 나와 길거리 분식이라 할 수 있는 어묵을 먹었다.

"우와! 맛있다."

"맛있어요……!"

그러나 정작 주인은 표정이 좋지 못했다.

'두 명 해서 경험치 1%밖에 안 오르네…… 쩝…….'

그는 미간을 구겼다.

그럴 수밖에. 이들은 빈쯔에게 관심받고 싶어서, 혹은 그저 빈쯔의 관심을 자신들도 조금 받아보고 싶어서 나온 이들이다. 진심으로 배고프지 않고, 음식이 맛있다 느끼지 않는 유저들이라는 거다.

'빈쯔 님은 얼마나 오르려나?'

가게 주인은 그것이 상당히 궁금했다.

"이제 제가 먹어보겠습니다."

곧이어 빈쯔가 어묵을 집어 들었다. 그리고 먹었다. 야무지게 먹는 모습. 그 모습에 사람들이 넋을 놓고 헤- 바라본다. 주인의 눈이 크게 떠졌다.

[레벨업 하셨습니다.]

"헉……!"

"……왜 그러시죠?"

"저, 저 레벨 올랐어요. 레벨업 했다고요. 다른 분들은 두 분 합쳐서 1% 올랐는데…… 경험치가 66% 정도긴 했지만……."

"예?"

빈쯔는 고개를 갸웃했다. 벌써 레벨업까지 했단 말인가? 먹으면서 정말 맛있다고 느끼긴 했지만 아무리 그래도 벌써?

'와…… 일반 사람들보다 몇십 배 많은 경험치……. 이 사람은 천상 먹방BJ인가?'

그런 생각이 들 수밖에 없었다.

"우와아아……."

"빈쯔 님, 진짜 행복하게 드시는 듯……."

"이거 혹시 짜고 치는 거 아니죠?"

"아, 아닙니다. 저 빈쯔 님 드시기 전에 스크린 샷 찍어놓은 거 있어요. 그리고 방금 레벨업 하고도 스크린 샷 찍었고요.
이거 이따가 게시판에 올릴게요."

"오……."

"그, 그럼 진짜야?"

"진짜 맛있게 드셔서 레벨업 하신 건가?"

유저들이 감탄했다.

빈쯔는 흐뭇하게 웃었다. 확실히 이 길거리 음식은 맛있었
다. 절로 입가에 미소가 감돌 정도로. 그렇게 다시 어묵을 입
으로 가져가려던 그때였다.

사람들 틈을 비집고 나온 한 유저. 그는 입을 제외한 눈, 코
를 가린 하얀 가면을 쓰고 있었다. 그가 빈쯔의 옆자리에 서더
니 말했다.

"우와! 우와! 우와 떡튀순이다, 우와우와! 우와!"

"……?"

"저, 저 사람 뭐야?"

"아씨, 빈쯔 님 먹는데 흐름 끊기게……."

하지만 그 유저는 조금도 반응하지 않고 감탄사만 터뜨리다
가 말했다.

"아저씨. 이거 어묵 먹은 개수만큼 계산하면 돼요?"

그렇게 질문하는 사내는 키가 빈쯔보다도 약 5㎝ 정도는 더
컸다. 약 185㎝ 정도.

"아아……."

주인은 난처하다는 표정으로 빈쯔를 보았다. 오늘 먹을 양은 정말 엄청나게 준비했다. 빈쯔가 먹고 다른 유저들도 사서 먹을 테니까. 하지만 지금은 빈쯔의 먹방 중이었다.

그렇지만 빈쯔는 빙긋 웃으며 고개를 끄덕였다.

먹고자 하는 사람을 자신이 막으면 되겠는가?

"네, 됩니다."

"그럼 먹고 계산할게요! 아저씨, 일단 떡볶이 10인분이랑요, 튀김 10인분, 순대 10인분, 아 맞다. 순대 내장 팍팍 섞어주시고요!"

"……?"

그리고 들린 소리에 빈쯔는 다시 고개를 돌렸다. 그 정체 모를 가면을 쓴 남자가 말도 안 되는 양을 주문한 거다.

하지만 빈쯔는 볼 수 있었다. 그의 입가가 기쁨을 참지 못하고 씰룩거렸다.

'저 웃음…….'

정말이지 행복해 보이는 미소였다.

"으으으…… 추워……."

살을 에는 듯한 추위.

민혁은 며칠 사이에 날씨가 확 추워졌다고 느꼈다.

아테네의 기온 변화는 빠르게 느껴진다. 현실보다 몇 배 빠르게 시간이 흐르니 그럴 수밖에. 처음 접속할 땐 선선한 가을 날씨였으니, 슬슬 추워지는 것도 무리는 아니다.

이스빈 마을로 향하면서 민혁은 양갱을 먹고 있었다.

'이제 양갱도 몇 개 안 남았네.'

아쉬운 마음. 그렇게 생각하자 더 배가 고픈 것 같았다.

춥고 배가 고프다. 이럴 때 생각나는 음식이 한 가지 있다. 바로 길거리 분식.

'혜…… 생각만 해도……'

꾸울꺽.

목울대가 움직인다.

그러던 중, 민혁은 사람들이 몰려 있는 걸 볼 수 있었다.

"뭐, 맛있는 거 공짜로 주나?"

오로지 먹는 거만 생각하는 민혁은 큰 키로 사람들의 중앙에 있는 눈에 익숙한 간판을 볼 수 있었다.

'행복분식.'

"……!"

민혁의 몸이 전율했다. 온몸이 부들부들 떨릴 정도. 마치 로또 복권 1등에 당첨되었을 때 정도의 전율이었다.

그는 걸음 하려다가 무언가 이상함을 느꼈다. 사람들이 너무 많았다. 그리고 그 앞에는 빈쯔라는 BJ가 있었다.

물론 민혁도 그의 얼굴을 안다. 하지만 민혁의 관심은 오로지 분식에 있었다.

'아…… 분명 이목 집중될 텐데.'

그런 건 별로 내키지 않는다. 귀찮은 게 싫은 민혁이었다. 먹고 싶어서 게임 하는 거지, 관심받으려고 게임 하는 게 아니기 때문이다.

그러던 중 멀지 않은 곳에 가면 상점이 있는 것이 보였다. 유저 중 아주 간혹 가면을 착용하는 이들이 있었는데, 그들은 대개 신비주의라며 자신에 대한 정보를 숨기곤 했다.

'그래, 가면을 쓰면…….'

빈쯔 옆에 가면 분명히 관심을 엄청 받을 터. 하지만 가면을 쓰면 귀찮은 일을 피할 수 있겠지.

민혁은 서둘러 가면을 후다닥 구매했다. 가격은 쌌다. 단돈 2만 골드. 그 후에 사람들 틈을 비집고 들어가서 빈쯔의 옆에 섰다.

색의 조화. 붉은색 떡볶이 국물 속에는 잘 익은 밀떡과 사각형 어묵이 잘 썰려서 들어 있다. 그리고 잘 삶아진 계란.

그뿐만이 아니다. 금빛으로 번들거리며 노릇노릇해 보이는 튀김들. 김말이, 야채튀김, 고구마튀김, 새우튀김, 오징어튀김 등등. 절로 헤, 웃음이 나온다.

그뿐이랴? 찜기 위에 올라가 있는 검은 순대는 탱글탱글해 보였으며 그 옆의 허파, 간, 귀 등은 어서 빨리 먹어줍쇼 하고 외치는 것 같다.

그에 민혁에게서 감탄사가 터져 나왔다.

"우와! 우와! 우와 떡튀순이다, 우와우와! 우와!"

"……?"

"저, 저 사람 뭐야?"

"아씨, 빈쯔 님 먹는데 흐름 끊기게……."

하지만 민혁의 귓가엔 그 소리가 조금도 들어오지 않았다. 오로지 그의 시선은 음식에만 향해 있었기 때문이다. 곧 그의 시선이 김을 모락모락 피우는 어묵 국물과 그 안에 고운 자태로 있는 길쭉이 어묵에 향했다.

"아저씨. 이거 어묵 먹은 개수만큼 계산하면 돼요?"

"아아……."

그는 잠시 망설였다. 민혁은 고개를 갸웃했고 곧이어 주인이 어색하게 웃었다.

"네, 됩니다."

"그럼 먹고 계산할게요! 아저씨, 일단 떡볶이 10인분이랑요, 튀김 10인분, 순대 10인분, 아 맞다. 순대 내장 팍팍 섞어주시고요!"

"……."

"?"

"포장인가요?"

"아뇨. 여기서 먹고 갈 건데요!"

포장도 좋지만, 길거리 포장마차는 그 자리에서 먹는 게 맛이지 않던가. 곧이어 주인이 음식을 준비하기 시작했다.

"아, 저 사람 뭔데!"

"야야, 근데 비율 쩌는데……?"

"아…… 비율이고 뭐고…… 응? 턱선 보소……."

"저, 저 사람 '존잘이다'에 내 손모가지 건다."

하지만 그 소리를 무시하고 무엇부터 먹어볼까 하고 손바닥을 슥슥 비비는 민혁이었다.

[이번 식사의 메인 재료를 선택해 주시기 바랍니다.]

'당연히 어묵이지!'

[메인 재료로 어묵이 선택됩니다.]

민혁은 포장마차의 가장 큰 별미를 어묵이라고 생각했다.

그 이유는 하나다.

'안 기다려도 되거든!'

그는 먼저 종이컵 하나를 뽑았다. 그다음 종이컵에 어묵 국물을 조심스레 담았다. 어묵 국물이 종이컵에 담기자 그 온기가 절로 민혁의 손을 타고 와 언 손을 녹여준다.

"후, 후."

종이컵을 입에 가져가 입김을 살살 불어주며 후릅- 한 모금 마신다.

"아…… 살겠다."

이 한 모금에 언 몸이 모두 녹는 것 같은 기분이다. 거기에서 그치지 않고 어묵 하나를 집어 든다. 그리고 앞에 놓여 있는 간장 그릇에 어묵을 콕 찍어 맛을 본다.

우물우물-

"마, 맛있어……!"

작은 감탄사가 흘러나온다. 행복한 미소를 지으며 어묵을 먹는다.

한 개, 두 개, 세 개, 열 개…….

"……."

"와……."

그러던 중. 갑자기 주인이 소리쳤다.

"……저, 저 4 레벨업 했어요!"

"……!"

"헉?"

주변에서 경악의 목소리가 들려온다. 하지만 민혁의 귀엔 조금도 들어오지 않았다.

그리고 주인은 서둘러 음식을 내놓지 않으면 어묵 꼬치로 찔러 버리겠다는 듯 흉흉한 기세를 풍기는 민혁의 앞으로 묵직한 접시들을 내려놓기 시작했다.

빠알간 떡볶이. 이쑤시개로 콕 찍어 맛본다. 매콤달콤하면서도 쫄깃한 그 맛에 온몸이 전율한다.

"오오오…… 이 맛이야!"

그리고 튀김. 노릇하게 튀겨진 김말이 튀김을 한 입 그냥 베어 물었다.

와사삭!

씹자마자 바삭한 식감과 함께 입안에서 당면과 김, 튀김의 맛이 조화를 이룬다. 그다음 떡볶이 국물에 찍어서 또 한 입. 매콤한 맛과 바삭한 튀김옷이 어우러져 가히 감탄을 자아낸다. 거기에 달콤한 고구마튀김과 떡볶이도 어울렸고, 새우튀김이나 오징어튀김은 어묵 국물과 함께 곁들이면 최고라고 할 수 있다.

거기에 야들야들해 보이는 순대. 순대를 소금에 콕 찍어서 먹어본다. 그다음 떡볶이 국물에 찍어서 한입, 그리고 어묵 국물 한 모금 하고 다시 또 한입. 거기에 퍽퍽한 간을 떡볶이 국물에 찍어주면 입안에서 두 음식이 만나 절묘한 궁합을 자랑한다.

"와……."

"헐…… 개 미쳤다."

"마, 맛있겠다……."

주변에서 감탄사가 흘러나온다.

하지만 여전히 0%의 관심도 없는 민혁이었다.

"저, 저 지금 총 15 레벨업 했어요!"

주인이 알 수 없는 소리를 한다. 그때 민혁이 떡볶이에 올라온 삶은 계란을 수저로 반으로 꾹 갈라서 노른자와 흰자를 적당히 으깨 빨간 양념에 비비면서 말했다.

"아저씨! 떡튀순 10인분 추가요!"

"……와, 미쳤다!"

"헐…… 나 빈쯔 말고 저 유저 보고 있었어."

"이, 이거 실화냐……?"

빈쯔는 자신도 모르게 입으로 가져가던 떡볶이를 멈췄다. 행복하게 먹는 하얀 가면을 쓴 정체 모를 유저. 그는 떡튀순 10인분을 추가했다. 그리고 주인이 또다시 말했다.

"컥, 저 지금 총 20 레벨업 했습니다!"

빈쯔의 고개가 주인에게 돌아갔다. 주인은 더 이상 그에게 관심도 없었다.

'분명 이 사람의 경험치는 행복하게, 더 맛있게, 배고픈 자가 먹어야지만…… 진심으로 그래야지만 오른다고 들었는데…….'

그렇다는 것은 지금 이 옆에 있는 사내는 그보다 훨씬 더 맛있게, 행복하게 먹고 있다는 거다.

그리고 빈쯔는 그걸 실감했다.

'저, 정말 행복해 보여…….'

어느샌가 자신의 먹거리에 대한 행복은 남들의 기대감에 의해 서서히 일이 되어가고 있다. 물론 아직 먹는 게 행복하지만, 서서히 변질되어 가는 느낌. 하지만 이 앞의 사람에게서 보이는 미소는 진심이었다. 그리고······.

꼬르르르륵······!

'왜 보고 있으면 내가 먹고 싶어지는 거지?'

정말이지 말도 안 되는 일이다. 먹방계의 황태자라 불리는 게 바로 빈쯔다. 그런데, 정말 이상하게도 앞의 사내를 보고 있노라면 어서 빨리 이놈들을 먹어치워야겠다고 생각 든다.

'다른 사람들이 날 보던 기분이 이런 기분인가?'

그는 착각하고 있었다. 다른 사람들은 이미 민혁이 사라지면 분식집에서 분식을 먹겠다고 생각하고 있었다.

먹방은 대부분 다이어트를 하는 사람들이 주를 이루어 본다. 하지만 민혁의 먹방은 그 다이어트를 무참히 파괴해 버리는 힘을 가졌던 것!

"와구와구!"

'질 수 없다.'

빈쯔는 먹기 시작했다. 민혁을 보고 있으니 배고픔이 밀려온다.

그때 민혁이 추가로 말했다.

"아저씨! 떡튀순 10인분 또 추가요!"

"여, 여기······! 저도 10인분 추가!"

두 사람의 먹방 대결이 시작되었다.

빈쯔는 온 힘을 다해 먹었다.

와사삭!

튀김. 순대. 떡볶이……!

그리고 그가 다 먹어치우기 전에.

"아저씨, 여기 10인분 받고 5인분 더~!"

"소, 손님…… 괜찮으세요?"

"……아직 반도 안 먹었는데? 아저씨 여기 어묵 떨어져 가요."

"아아…… 네……!"

가면남이 음식을 추가한다.

빈쯔도 벌써 엄청나게 먹었다. 그리고 배가 차기 시작했으며 위가 음식을 거부하기 시작했다.

'대, 대체……'

이 사람 정체가 뭐야?

그는 의아한 표정을 지을 수밖에 없었다. 입에 억지로 구겨 넣던 빈쯔. 결국 그가 어묵 꼬치를 내려놓으면서 포기하고야 말았다.

탁!

"후우……."

그는 부른 배에 숨을 고르게 한 번 쉬고는 물을 한 컵 들이 켰다. 그다음 옆에서 여전히 먹고 있는 민혁을 보았다.

'……궁금해.'

이 남자의 정체.

"저기요. 님."

빈쯔는 빙긋 웃으며 그를 불렀다. 하지만 민혁은 대답하지 않고 먹기만 했다.

"님아!"

좀 큰 소리로 불렀다. 하지만 민혁은 여전히 대답하지 않고 먹기만 했다.

'머, 먹을 것을 향한 엄청난 집중력······!'

지금 그의 주위로는 아무것도 들어오지 않는 듯했다.

오로지 먹을 것만 들어오는 것!

하지만 너무나 궁금했기에 그의 어깨에 조심스레 손을 올렸다.

"님, 혹시 닉네임 좀······."

그에 팍! 하고 그 손을 쳐낸 민혁은 미간을 찌푸리며 험상궂은 표정으로 말했다.

"아, 님. 뭔데 먹는데 건드려요. 어묵 꼬치로 죽을 때까지 찔러볼래요?"

"······."

빈쯔는 순간 소름이 돋았다.

'머, 먹는데 건드렸다고 사, 살기가······!'

정말이었다. 민혁의 몸에선 흡사 살기라면 이런 것이라는 아우라가 흘러나왔다.

'나 그래도······ 좀 유명한데······.'

하지만 민혁은 그에 관심이 1도 없어 보였다. 아니, 0.00001도 없어 보였다. 배가 부른 빈쯔는 여전히 맛있게 먹고 있는 민혁을 바라봤다.

"저, 저 총 31 레벨업 했어요!"

'이 아저씬, 아까부터 뭐라는 거야, 시끄럽게.'

열심히 먹는 민혁은 여전히 주인에게 관심이 하나도 없었다.

"아저씨, 여기 10인분 받고 10인분 더!"

그렇게 말했다. 하지만 곧이어 청천벽력 같은 소리가 이어졌다.

"소, 손님…… 죄송하지만, 재료가 다 떨어졌습니다."

"네? 뭐라고요? 아직 반도 안 먹었는데!!"

민혁은 진심으로 절망하는 표정이었다.

바삭한 튀김, 탱글탱글 순대, 뜨끈한 어묵! 더 먹고 싶다!

"손님 혼자서 떡볶이 70인분, 어묵 250개, 순대 70인분, 튀김 80인분 드셨어요……."

"하…… 100인분씩은 더 먹을 수 있을 것 같은데."

"……."

주인도 말이 없었고 빈쯔도 말이 없었다. 그리고 등 뒤의 유저들도 순간 입을 꾹 다물었다.

"아쉽네요. 총 얼마예요?"

"잠시만요."

가게 주인이 계산기를 두들기기 시작했다.

"떡볶이가 2,500골드에 1인분이니까, 70이면 17만 5천 골드에, 순대 3,000골드니까 21만 골드, 튀김, 24만 골드…… 총합 75만 골드네요."

"생각보다 얼마 안 나왔네."

민혁은 그렇게 말하며 고개를 주억였다.

"저, 저게 얼마 안 나왔다고?"

"우리 회사 회식해도 저 정도는 못 먹겠다……."

민혁이 막 75만 골드를 내려던 때였다.

"손님 65만 골드만 주세요."

"65만 골드요?"

"네, 할인입니다."

"오! 아저씨, 좋은 분이시군요!"

가게 주인은 작은 웃음을 지었다.

그는 현실에서도 작은 분식집을 운영하고 있었다. 그리고 자신의 직업이 행복한 요리사인 만큼 어떠한 요소가 반영되어야 레벨업을 할 수 있는지 누구보다 잘 안다.

그를 통해 자그마치 31 레벨업을 했다. 엄청난 폭렙이었다. 거기에 더해져 이토록 맛있게 먹는 손님을 보고 있자니, 자신도 모르게 절로 웃음이 나왔다.

민혁은 65만 골드를 냈다. 황혼의 무덤을 계속 공략하면서 나오는 잡템을 지속적으로 팔아줬기에 현재 그의 수중에는 약 320만 골드가 있었다.

바로 그때.

[식신의 진가]
[체력 2를 획득합니다.]
[환상의 궁합]
[생활의 궁합]
[더블 점수가 반영됩니다.]
[힘 6, 체력 3을 획득합니다.]

"……어?"

민혁은 다소 놀랄 수밖에 없었다.

'생활의 궁합?'

환상의 궁합은 이미 겪어봤기에 안다. 떡튀순, 그리고 어묵과 국물. 이처럼 잘 어울리는 조합은 없을 테니까.

그렇다면 생활의 궁합은 도대체 무엇일까. 더군다나, 두 개의 궁합이 만나 더블 점수가 반영된다고 하였다.

보통 환상의 궁합으로 스탯이 올라도 도합 3~4 정도였다. 하지만 지금 오른 것은 자그마치 9다. 즉, 더블 점수를 해내면 훨씬 더 많은 스탯을 얻을 수 있는 것 같았다.

민혁은 곰곰이 생각하다가 아차 했다.

'생활의 궁합…… 우리가 일상 속에서 흔히 생각하게 되는 궁합이 분명하다……!'

맛의 궁합은 바로 환상의 궁합으로 표기된다. 그리고 생활의 궁합은 우리가 삶을 살아가면서 매 순간 원하는 음식이지 않을까 싶다.

예를 들어 겨울날 정말 춥고 배고플 때 생각나는 이와 같은 분식일 것이다. 그다음에는 정말 배가 고픈 새벽 1시에 먹는 라면이나 한강에서 먹는 치킨. 생활의 궁합은 말 그대로 맛보다는 분위기와 상황이 중요한 것이다.

'재밌는 시스템이 많네.'

민혁은 작은 웃음을 지었다. 자신은 순수하게 맛있게 먹었을 뿐인데, 스탯도 오르니 일석이조다.

그리고 계산을 끝내고 뒤로 돌아서는 순간.

"니, 님, 혹시 님 방송 사이트 좀 알 수 있을까요?"

"님 닉네임 좀 알려주세요!"

사람들의 반응에 민혁은 흠칫 놀랐다. 그리고 몇몇 유저들은 이미 파프리카 방송을 아테네와 연계해서 방송 중이었다.

그 댓글은······.

[gdgf14: 리얼, 저게 사람이냐. 혼자서 75만 골드 먹음 ㅋㅋㅋㅋ]

[빈쯔쁘쁘: 헐······헐······나 저 사람 먹는 거 보고 개 설렘, 오늘 분식각?]

[철구꼬죠 님이 별조각 100개를 선물합니다.]

모든 방송은 말 그대로 폭주하고 있었다.

"안녕하세요, TVM 방송국 한인화 기자입니다! 취재 좀 할 수 있을까요!"

"여기요, KBC 방송국 이성민 기자예요. 취재 부탁드려요!"

"님아, 닉네임 좀요!"

민혁은 역시 가면을 쓰길 잘했다고 생각했다.

그러던 때였다.

[빈쯔 님이 명성 10을 선물합니다.]

"……?"

민혁은 BJ 빈쯔를 보았다. 그는 작은 웃음을 짓고 있었다.

국내 랭킹 100위 안에 드는 랭커들에겐 특별한 혜택이 존재한다. 그 혜택 중 하나는 바로 이처럼 자신이 지정한 유저의 몸에 손을 대거나 혹은 닉네임을 알면 명성을 선물할 수 있다.

그리고 그 명성은 1년에 열 개가 한계였다. 빈쯔는 자신이 줄 수 있는 모든 명성을 민혁에게 준 거다.

'명성 100이 있었다면 그걸 다 줬을 거야.'

그는 쓴웃음을 지었다. 아직 자신은 한참 부족하다는 것을 깨우친 날이었다. 자신보다 더 행복하게 먹으며 일에 끌려다니지 않고 즐거워하는 자가 있다. 이런 사람이 진짜 먹방BJ를 해야 하지 않을까?

"아, 뭐. 감사합니다."

민혁은 의아한 표정을 지으면서 감사의 뜻을 전했다.

하지만 그게 끝이었다. 더 이상의 빈쯔에 대한 관심이 그에게서 조금도 보이질 않았다.

"이야기 좀 나눌 수 있을까요?"

민혁은 의아한 표정을 지어 보였다. 빈쯔가 다소 능글맞게 웃음 지었다.

"우리 둘이 몰래 맛있는 거 먹어야 할 게 있어서 그래요."

"……!"

민혁의 눈이 휘둥그레 커졌다.

"일단은 여길 벗어나죠. 누가 뺏어 먹으면 어떻게 해요."

하지만 민혁은 먹을 걸 준다고 바로 모르는 사람을 따라가는 바보 같은 청년이 아니었다!

그는 이성적으로 생각해 봤다. 빈쯔는 나쁜 사람 같진 않다, 혹여 자신에게 해코지할 일도 없다. 또 거짓말을 할 것으로 보이지도 않았다. 그에 민혁은 고개를 끄덕였다.

"그래요, 누가 보기 전에 저희 둘만 먹어요……!"

소곤소곤.

민혁은 아주 작은 목소리로 혹여 누가 들을세라 말했다. 빈쯔는 피식 웃었다. 민혁은 마치 어린아이가 친구와 함께 엄마 몰래 맛있는 무언가를 빼돌려서 먹기 전의 표정을 짓고 있었다.

"제 손 잡아요."

곧이어 민혁이 빈쯔의 손을 잡았다.

"어……? 어어……!"

"아, 안 돼!"

곧이어 두 사람이 빛에 휩싸여 사라졌다.

민혁이 눈을 떴을 때는 여관방이었다. 여관방은 보통 유저들이 로그아웃하는 장소로 사용하며 지정해 놓은 뒤에 귀환 스크롤을 찢으면 이곳으로 자동으로 이동된다.

"……취향이."

민혁이 자신의 몸을 양팔로 가리면서 그를 경계했다.

"아, 아니…… 로그아웃하기 편하게 이곳으로 지정한 겁니다!"

"후후후, 그래요. 이곳에서 저희 둘만 있다면 안심하고 먹을 수 있겠죠. 참, 저는 민혁이라고 합니다."

"예, 전 빈쯔입니다."

민혁도 장난을 친 것이기 때문에 빙그레 웃으며 가면을 벗었다. 그리고 기대감 어린 표정으로 빈쯔를 바라보았다.

빈쯔의 입가에 웃음이 생겨났다.

'이 사람…… 재밌어.'

곧이어 빈쯔가 품속에서 꺼낸 것. 그것은 다름 아닌 피자빵이었다.

"저는 됐어요. 님 많이 드세요."

"처, 천사셨군요?"

"천사까지 되는 건가요?"

민혁은 감격한 표정이었다.

피자빵. 피자를 모방한 음식이지만 피자와는 꽤 달랐다. 가끔 피자보다 이 피자빵이 당길 때가 있기도 하다.

피자빵의 추억은 어린 시절, 초중고 시절이 가장 기억에 남는다. 학부모들이 우리 아들 반장 됐다면서 반에 돌렸던 피자빵에는 항상 피크닝 같은 음료도 딸려 왔다. 한창 배고플 시기에 체육 시간을 끝내고 먹는 그 빵의 맛은 확실히 좋았다.

민혁은 그가 내미는 피자빵을 보면서 흐뭇하게 웃었다. 그러던 중. 그는 의아한 표정을 지었다.

'어……?'

그는 더 자세히 피자빵을 바라봤다. 그가 놀라는 이유는 하나였다.

'색이 다르다……?'

분명히 달랐다. 피자빵의 색은 하얀빛을 띠고 있었기 때문이다.

의아함도 잠시 일단 민혁은 피자빵이란 요리 자체에 집중했다. 코를 자극하는 케첩과 마요네즈, 그리고 빵의 향내. 한데, 뭔가 더 진하고 부드러운 느낌이었다.

"이거……."

"후후, 알아보시네요."

빈쯔는 웃음 지었다.

"이스빈 마을의 특산물인 태양의 밀을 이용해 만든 빵입니다."

"태양의 밀이요?"

"네, 현실에서처럼 이곳 이스빈 마을에도 특산물이 존재하죠. 그리고 이곳뿐만이 아니라 아테네에 존재하는 무수히 많은 지역에 하나씩의 특산물쯤은 존재합니다."

"호오."

참 흥미로운 정보였다.

"그리고 이 태양의 밀로 만든 빵은 훨씬 더 맛있습니다."

빈쯔가 장난스럽게 웃으며 마지막 말은 소곤거리듯 말했다.

'더 맛있다니…… 기대된다……!'

그런 생각을 하면서도 민혁이 피자빵을 입에 가져가자 알림이 울렸다.

[이번 식사의 메인 재료를 선택해 주시기 바랍니다.]
[태양의 밀, 햄, 양파, 파슬리 가루……]

'태양의 밀.'

와삭!

3장
식신, 조리병이 되다

피자빵의 단맛이 입안에 퍼졌다. 그리고 씹을 때마다 쫄깃하고 아삭아삭 씹히는 양파가 느끼할 수 있는 마요네즈를 잡아준다. 새콤달콤한 케첩과 소시지가 어울려져 맛을 한층 더해준다.

민혁은 깜짝 놀랐다. 정말 일반 피자빵보다 훨씬 더 맛있던 것이다.

'빼, 뺏고 싶다…….'

빈쯔는 자신이 줘놓고 민혁이 야무지게 먹는 모습을 보면서 입가에 묻은 침을 츄릅 닦았다.

그리고 민혁이 빵을 다 먹은 순간이었다.

[식신의 진가]

[지혜 1, 지력 1을 획득합니다.]

민혁은 하얀빛이 지혜나, 지력과 연관이 있다는 사실을 알 수 있게 되었다. 그리고 여기서 결정적인 것.

'태양의 밀……'

밀가루는 쌀만큼이나 우리들의 삶에 고스란히 박혀 있다. 당장 길거리만 돌아다녀 봐도 라면 전문점, 피자 가게, 빵집 등이 많다. 그걸 더 맛있게 먹을 방법이 존재한다고?

"좋아하실 줄 알았어요. 더 맛있죠?"

"네에!"

민혁은 아기 새처럼 곧은 자세로 대답했다.

"이 태양의 밀 어디서 얻을 수 있나요? 특산물이면 살 수 있는 건가요?"

그에 빈쯔는 쓴웃음을 지었다.

"이 태양의 밀은 애석하게도 더 이상 구할 수 없다고 해요."

"예?"

청천벽력 같은 소리였다.

더 이상 구할 수 없다니! 이 맛있는 밀을 더는 먹을 수 없다는 건가?

한순간에 세상을 다 잃은 듯한 표정이 된 민혁이었다.

"저도 이 태양의 밀로 만든 빵을 NPC에게 얻었거든요. 더 이상 얻을 수 없는 이유는 태양의 밀이 유일하게 자라나는 보르디 평지를 고블린들이 점령해서라고 해요."

"고블린들이 맛있는 태양의 밀을 못 먹게 막고 있단 말입니까? 어떻게 그럴 수가……!"

민혁은 진심으로 분노하고 분노한 표정이었다. 빈쯔도 당혹하여 어색하게 웃을 정도로.

"진심으로 화나신 것 같은데…… 아무튼 그것 때문에 이스빈 마을에서 토벌대를 꾸린다고 해요. 유저 30명을 지원받고 병력은 70명 정도가 간대요. 그리고 보상으로 태양의 밀도 준다더군요."

"그렇군요. 근데 왜 빈쯔 님은 지원 안 하셨죠?"

빈쯔도 음식을 무척 좋아하는 것 같다. 그런데 어째서 그는 지원하지 않았을까?

"전 레벨 때문에……."

"아……."

충분히 납득 가능한 이야기다. 고블린들이 나오는 토벌대라면 빈쯔 같은 고렙은 레벨 제한 때문에 참가할 수 없을 거다.

"15~20레벨까지만 가능하다더군요. 지원은 병력 훈련소 앞쪽에서 받고 있다고 들었어요."

딱딱 들어맞았다. 마치 이것은 태양의 밀이 민혁에게 '어서 날 먹어줘, 베이비'라고 하는 것 아니겠는가!

"정보 감사합니다!"

"참, 친구 추가 가능할까요?"

"물론입니다!"

먹을 것을 준 사람은 민혁에게 은인과도 같지 않던가!

[빈쯔 님께서 친구를 제안합니다.]

[네/아니요]

"네."

[빈쯔/광전사/397레벨]

민혁은 곧이어 예의 바르게 꾸벅 인사를 하고는 몸을 돌렸다. 빈쯔는 그 뒷모습을 보며 빙긋 웃었다.

빈쯔에게 이야기를 들은 민혁은 망설이지 않고 곧바로 병력 훈련소에 가서 지원했다.

그리고 토벌대가 출발하는 오늘. 민혁은 접속 전에 수영장 안에서 몸을 움직이며 운동 중이었다.

"거기 보르디 평지 토벌대 사람들이 완전 별로라던데."

"그래요?"

수영장 안의 민혁은 창욱의 말에 고개를 갸웃했다.

"왜요?"

"거기 보상으로 주는 게 1만 골드하고 태양의 밀 5kg이라잖아, 그거 받고 누가 하냐?"

"거참……. 태양의 밀 5kg이면 엄청난 거 아닌가?"

그 말에 창욱은 입을 꾹 다물었다.

민혁의 기준에선 분명히 좋을 것이다. 하지만 기본적으로 저레벨 때 가는 토벌대도 보상은 약 8만 골드부터 시작된다. 보통 초보 유저들은 장비를 맞추기 위해 토벌대에 참여하는데 보르디 평지 토벌대는 아니라는 거다.

"너 그럼 이제까지도 계속 황혼의 무덤에서 고기만 먹었어?"

"네."

"스텟 몇이야?"

그 말에 민혁은 물속으로 풍덩 들어갔다가 몸을 빼내며 고개를 빼꼼 내밀었다.

"푸홧, 기억 안 나는데. 운동 끝나고 알려 드릴게요."

곧이어 민혁은 운동을 끝내고 뒤뚱뒤뚱 창욱의 앞으로 다가왔다. 서둘러 여러 사람이 다가와 민혁의 한팔을 잡고 수월하게 오를 수 있도록 도와줬고.

출렁엉!

육중한 살의 민혁이 앉자마자 창욱이 수건으로 서둘러 몸을 닦아줬다.

민혁은 근처에 준비된 커다란 의자에 앉았다. 역시 민혁을 위한 특대형이다.

민혁은 휴대폰을 들었다. 휴대폰과 연동된 아테네 계정의 정보는 곧바로 확인할 수 있다.

민혁은 아예 그에게 스텟창을 열람해서 보여줬다.

(민혁)

레벨: 15

직업: 식신(食神) 17%

HP: 806 MP: 290

힘: 112+14 민첩: 78+32 체력: 56+12

지혜: 21+8 지력: 21+8 명성: 26

포만도: 100%

보너스 포인트: 0

"……이게 15레벨짜리 스텟이라고? 스텟만 보면 거의 50렙이 넘는데?"

"이젠 돼지는 주먹으로 쳐도 죽던데요."

"네가 널 죽였다고?"

"진짜 형만 아니면……!"

민혁은 주먹을 쥐고 흔들어 보였다.

창욱이 머쓱하게 웃었다.

"죄송요."

그러면서도 창욱은 생각했다.

'얘가 여기서 계속 레벨업 한다고 하면……'

사기적이어도 너무 사기적이다. 하지만 한 가지 단점.

'근데 먹는 것 말고는 특별한 능력이 없잖아?'

창욱은 굳이 그런 말을 꺼내지 않았다. 하지만 스킬도 분명히 아테네의 중요한 분야다. 이미 민혁과 같은 레벨대의 마법사들은 1클래스 마법을 배웠을 테고, 검사들은 검사 전용 스킬 등을 배웠을 테니까.

'뭐 상관없으려나. 민혁이는 먹으려고 하니까.'

그런 생각을 하던 때 민혁이 몸을 일으켰다.

"저 다시 가요~"

민혁의 발걸음은 경쾌했다.

벨로는 본래 40레벨의 전사 유저다. 그런 벨로와 그를 비롯한 길드 커넥션의 인원들은 현재 이스빈 마을의 입구 앞의 보르디 평지 토벌대에 도착한 상태였다. 레벨이 높은 그와 길드원들이 이곳에 온 이유.

'토벌대에서 가장 높은 기여도를 획득하면 히든 던전으로 가는 열쇠를 얻을 수 있다 이거지.'

벨로는 얼마 전 한 퀘스트를 진행했다. 그리고 그 보상은 다름 아닌 히든 던전에 대한 힌트였다. 그 힌트는 바로 보르디 평지 토벌대였으며 그곳에서 성과도 1위를 기록할 시 얻게 될 거라고 하였다. 즉, 연계 퀘스트다.

히든 던전은 저레벨들이 가는 곳이라도 보상으로 무엇이 나올지 모르는 아주 특별한 곳이다. 그 때문에 벨로는 현실 친구들이자 길드원들에게 함께 보르디 평지에 가자고 했다.

'히든 던전으로 가기 위해 자그마치 흑요정의 날개까지 먹었다고.'

흑요정의 날개는 저주 아이템이다. 먹으면 즉시 20~25레벨이 2주 동안 하락한다. 모든 아이템은 존재 이유가 있다고 이런 편법에 사용되기도 하는데 대신 패널티도 존재했다. 레벨이 하락한 만큼 스텟도 2주간 하락하는 것이다.

하지만 그 정도라면 괜찮다. 적어도 이곳에 있는 15~20레벨짜리 정말 아무것도 모르는 초짜들보단 40레벨대의 그들이 나을 테니까. 물론 아무리 능숙해도 레벨 하락으로 어떤 변수가 발생할지 몰라 총 다섯으로 인원을 늘리기까지 했다.

"이방인들은 이쪽으로 오시오! 병과를 정해주겠소!"

병사의 말에 따라 유저들이 주르륵 그 뒤로 섰다. 이번 참가 유저는 고작해야 20명뿐이었다. 본래 오픈하고 한 시간이면 지원이 마감되는 게 토벌대 퀘스트라는 걸 생각하면 현저히 적은 숫자였다.

'흐흐, 그렇기 때문에 이곳에 히든 던전 보상이 숨어 있는

거겠지.'

　사람들이 병사 앞으로 줄을 서기 시작했다.

　"와, 어디서 초보자들 냄새 안 나냐?"

　"워우, 초보자들 냄새!"

　벨로와 일행들은 마치 자신들은 고렙이라도 되는 것처럼 웃어댔다. 줄을 세운 병사는 유저들에게 특기를 물었다.

　"자네의 특기는?"

　"활을 잘 쏩니다."

　"자넨?"

　"창병입니다!"

　"자넨?"

　"잘 먹어요."

　"그렇군, 아주 훌륭…… 응?"

　순간 벨로는 의아한 표정으로 앞을 봤다. 자신의 앞에 선 멀대같이 키가 큰 사내의 말이었다.

　"잘하는 게 잘 먹는 거라고?"

　"네. 편식도 안 하고 골고루 잘 먹습니다!"

　사내 민혁은 눈을 초롱초롱 빛냈다.

　"푸흐, 그래! 자넨 아주 자알 먹는 이방인이로구만!"

　"헤헤…… 그렇습니다!"

　민혁은 밝게 웃었다. 민혁이 발렌이나 로이나, 또는 알론과 같은 NPC를 만나면서 깨달은 게 있다. NPC와 친해지면 득을 볼 수 있다는 거다.

작위적으로 다가서는 건 그들도 눈치를 챌 법하지만, 민혁이 원하는 것이라곤 크지 않았다. 그저 품속에 챙겨온 비상식량 이라던가, 비상식량이라던가, 비상식량뿐이었다!

"사실은 훤칠하신 병사님께서 피곤해 보이셔서 작은 농담을 던진 것입니다!"

그리고 민혁의 말처럼 병사의 표정은 매우 피곤해 보였다. 그럴 수밖에 없는 게 그는 상관에게 왜 이렇게 토벌대 지원자 들이 적냐며 구박을 받았다. 그것이 자신 때문이 아님에도 욕 을 먹으니 매우 피곤하고 힘들 수밖에. 거기에 몇몇 유저들은 병사 란드에게 와서 말한다.

'이거 그냥 안 하면 안 돼요?'

보상이 마음에 안 들었을 거다. 이런 말을 하는 이들은 대 부분이 토벌대라는 말에 덥석 지원했다가 보상이 마음에 안 든 경우다.

"그래? 자네 덕분에 오랜만에 웃었군. 후후, 자네 그거 아는가?"

"어떤 거 말씀이십니까!"

"난 갈굼받는 걸 잘한다네! 크하하하!"

그러면서 자신의 가슴을 두들긴다.

"하핫, 너무 재치 있으십니다!"

"하하하하하…… 하하…… 음……."

그렇게 웃던 란드의 표정이 시무룩해진다. 민혁이 슬그머니 다가가 등을 토닥여 준다. 그것은 '힘내요'였다.

[란드와의 친밀도가 상승합니다.]

그리고 그 모습을 바로 뒤에서 바라보는 벨로는 쯧 혀를 찼다.

'저 등신 같은 놈.'

일개 병사 따위와 친해져서 어디에 쓰겠다는 건가?

주변에 있는 다른 유저들도 민혁을 이상한 표정으로 바라보고 있었다.

병사 따위에게 좋은 퀘스트나 혹은 좋은 보상이 나올 턱이 없지 않은가!

그때였다.

"병사들과 지원한 이방인들은 식사를 하고 출발하도록 하겠다!"

일반 병사들과 다르게 화려한 플레이트 아머를 착용한 토벌 대장의 외침이었다. 그 외침에 민혁의 귀가 강아지처럼 쫑긋하고 움직인다.

"밥도 주나요?"

"그럼 당연하지. 우리가 굶기면서 사냥시키진 않을 테니까."

"우와! 우와!"

잠시 란드의 이방인들에 관한 조사는 중단되었다. 이어서 식사가 나오기 시작했다.

"우리 이스빈 마을 조리병들의 음식은 아주 최고지."

"……오!"

민혁은 작게 감탄했다. 곧이어 조리병들로 추정되는 이들이 음식을 나눠주기 시작했다.

"아씨, 빨리빨리 출발이나 할 것이지."

"아, 뭔 밥이야! 밥 먹고 접속했더니."

유저 몇이 툴툴거린다.

"짬밥이 맛있으면 얼마나 맛있다고."

현실에서도 그렇듯 아테네에서도 짬밥은 맛없다는 진리를 따르고 있는 것!

"제가 병사님 것까지 가져오겠습니다."

민혁은 후다닥 움직였다. 줄을 서고 아침 메뉴를 본 민혁은 눈을 크게 떴다.

곧이어 병사 한 명이 외쳤다.

"이방인분들을 위해 햄버거를 준비했습니다. 어서 와서 식사하시죠!"

하지만 이방인들은 그 말에 콧방귀를 끼며 게으른 예비군들처럼 관심을 껐다.

"군대리아? 웩! 먹으면 설사하는 그거?"

"님들이나 많이 드세요."

하지만 민혁은 경악했다.

'헤, 햄버거라니!'

어떤 존재던가. 간편하게 먹을 수 있는 대표적인 패스트푸드 중 하나이기도 했지만, 피자와 함께 밀가루 음식계의 양대산맥이라 불리는 녀석이기도 했다.

"참깨 뿌린 빵 위에 순 쇠고기 패티 두 장 특별한 소스 양상추~ 치즈 피클 양파까지이이."

그는 흥겹게 노래까지 중얼거렸다.

햄버거와 감자튀김, 거기에 얼음까지 들어간 시원해 보이는 콜라! 아침치고 좀 거한 감이 없지 않긴 했지만, 민혁은 환영이었다.

곧이어 배식을 받아와서 란드 앞에 마주 앉은 민혁은 큼지막한 햄버거를 보며 감탄했다.

'캬…… 이 두툼한 패티와 양상추, 오오, 여긴 치즈까지 들어 있어.'

민혁은 개인적으로 햄버거에 채소가 많이 들어간 걸 선호한다.

"드시죠!"

"그래, 자네도 먹지. 아마 깜짝 놀랄 걸세."

란드가 고개를 끄덕이며 햄버거를 집었다.

민혁은 빵을 손바닥으로 꾹꾹 눌러 잘 압축시켜 양상추가 떨어지지 않게 해줬다. 식신의 진가 알림이 들렸지만, 그는 빠르게 넘기고 햄버거에 온 신경을 집중했다.

"와구!"

입을 최대한 크게 벌려 한입에 최대한 많이 베어 물었다. 부드러운 식감의 빵을 지나자 양상추의 아삭거리는 식감이 느껴졌다. 거기에 더해져 곧바로 상큼한 맛을 내는 토마토, 그리고 고기의 맛을 내는 패티, 풍부한 맛을 담당하는 치즈가 한껏 어우러졌다.

우물우물-

여러 가지 재료와 어우러진 달콤한 소스가 만나자 입안에서 기분 좋은 맛을 낸다. 조금 퍽퍽하다 싶을 땐, 콜라를 집어 든다. 얼음이 가득 들어간 콜라는 청량감을 더해줘 패스트푸드와 잘 어울렸다.

민혁은 얼음이 담긴 콜라를 꿀꺽꿀꺽 들이켰다. 목이 찌릿찌릿하다. 하지만 입안 가득, 콜라 특유의 단맛과 톡 쏘는 맛에 절로 웃음이 나며 느끼한 맛이 가라앉는다.

그러다 앞에 놓인 감자튀김으로 손을 뻗었다.

노릇노릇한 감자튀김. 그리고 햄버거 가게의 케첩 맛은 항상 더 진했다. 짭조름한 감자튀김을 케첩에 찍어서 입에 가져가 깨물어본다.

바삭바삭!

막 튀겼다는 걸 증명하듯, 뜨거우면서도 바삭바삭하다. 감자튀김은 식어서 눅눅해진 것보다는 갓 나온 상태로 케첩에 찍어 먹는 게 맛있다. 물론 식어도, 케첩 없이 그냥 먹어도 맛있는 녀석이다.

"와아아앙, 와구!"

다시 한번 햄버거를 먹고 입을 우물거리는 민혁의 입가엔 자신도 모르는 사이에 웃음이 만연했다.

"이게 정말 조리병들의 실력이란 겁니까?"

"그렇네, 후후. 이방인들은 고작 우리들 음식이 얼마나 맛있겠어라고 하지만 난 자부하지!"

란드는 가슴을 두들겼다.

"이필립스 제국에 있는 조리병 중 우리 이스빈 마을 조리병들이 최고일세."

곧이어 그가 주변을 살피더니 말했다.

"내 장담하는데, 내가 이제껏 먹어본 요리 중에서 랜 님이 하신 것보다 맛있었던 것은 없었네. 이렇게 양이 많을 때는 좀 떨어져도 그가 한 사람만을 위해 요리한 음식은 최고라는 거지."

그 말에 민혁은 눈을 부릅떴다. 조선에 장금이가 있었다면 이스빈 마을엔 랜이라는 요리사가 있다는 것이 아니겠는가.

"그렇게 맛있나요?"

"그래, 아주아주 엄청나게!"

맛있다. 그 석 자면 충분했다. 더군다나 그는 직접 맛보지 않았던가. 랜이라는 조리병의 요리는 정말 맛있었다. 지금만 봐도 감자튀김은 막 나온 것처럼 뜨끈뜨끈하고 바삭바삭하지 않던가.

그때 알림이 울렸다.

[식신의 진가]
[힘이 1, 체력이 1 증가합니다.]
[숙련된 요리사의 실력]
[힘이 1 증가합니다.]

'오······!'

민혁은 작게 탄성을 흘렸다.

'잘한 요리를 먹어도 추가 스텟이 부여되는구나!'

그런 생각을 하다가 민혁은 미간을 좁혔다.

'뭐야, 내가 한 건 형편 없다는 거야?'

하긴 어떻게 보면 민혁은 인터넷만 보고 요리를 해왔다. 실제로 요리의 현업에서 하는 사람들과는 다를 수밖에.

'확실히 요리 스킬이 필요한데······.'

민혁은 계속 요리 스킬을 배우고 싶다고 생각했다. 요리 스킬은 모든 유저들이 자유롭게 익힐 수 있으며 보통 생산직 스킬로 사용한다. 그리고 주 직업으로 요리를 배우는 이들도 있긴 하다. 하지만 그 숫자는 매우 적은 편이었다.

'일반 사제들의 버프 능력에 비하면 한참 모자라기 때문이지.'

더군다나, 일반 사제들의 경우는 그냥 시전 준비를 하고 걸어주면 끝이지만 요리사의 요리는 직접 만들고 먹여줘야 한다.

하지만 먹기 위해 게임 하는 민혁은 달랐다. 버프 때문이 아니라, 오로지 자신이 더 맛있게 먹기 위해서 요리 스킬을 배우고 싶었다. 그러나 이스빈 마을에는 요리 스킬을 가르쳐 주는 NPC가 없다는 정보에 포기하고 있었다.

하지만 이곳 토벌대의 조리병 중에 숨어 있지 않던가. 그 누가 생각할 수 있겠는가. 토벌대의 조리병에게 요리를 배울 생각을!

"란드 님."

"응?"

"저 조리병에 지원하고 싶은데, 가능할까요?"

"……조리병?"

그 말에 란드는 고개를 갸웃했다.

"자네 레벨업 안 해도 되나?"

아테네의 지킴이들도 레벨업을 통해서 강해진다. 그리고 이방인들이 누구보다 레벨업에 목을 매는 것도 알고 있다. 그런데 조리병이라?

"헤…… 잡일이라도 하면서 병사분들의 식사를 더 맛있게 만들어 드리고 싶어서요!"

"오오, 자넨 마음가짐도 되었군."

지킴이들이 유저들을 관리하는 것은 매우 힘든 일이다. 물론 정 아닌 경우 유저들에게 보상을 지급하지 않는 방식을 취하지만 그들은 고작 NPC라며 말을 잘 듣지 않는다. 그런데 민혁은 눈까지 초롱초롱 빛내며 말하고 있지 않던가?

"조리병 자리는 꽉 차 있어서 사실 받지 않는 게 맞는 건데…… 에잇, 내가 자리 하나 만들어서 넣어주도록 하지."

란드는 이제까지 토벌대 경험이 다수 존재하는 나름 베테랑이기도 했지만, 인사 담당 병사이기도 했다.

"조리병으로 손수 자원하는 이방인이라니, 그리고 한 가지 말하자면 랜 님은 아주 까칠하시고 사실 이방인들을 많이 싫어하신다네."

"그, 그래요?"

"그래, 하지만 자네라면 잘 구슬려 볼 수 있을지도?"

"그렇군요."

민혁은 고개를 끄덕였다.

그리고 그때.

"음식이 많이 남았는데, 더 드실 병사분이나 이방인분들 안 계십니까?"

"그래, 자네의 그 입담으로…… 응?"

란드는 햄버거를 우물우물 씹으며 말하다가 어느새 사라진 민혁을 찾기 위해 고개를 갸웃했다. 민혁은 어느덧 배식대 앞으로 날아가 남아 있는 햄버거 대부분을 싹쓸이하고 돌아왔다. 그리고 와구와구 먹어치우기 시작했다.

"하하하하, 자네 정말로 특기가 '잘 먹는 거'였구만!"

란드가 웃어 보였다.

[란드와의 친밀도가 상승합니다.]

　잠시 후 햄버거를 먹어치운 민혁은 토벌대 출발 전에 란드의 옆에 찰싹 붙어 그를 졸졸 따라갔다. 곧이어 취사 마차 앞에 있는 조리병이 보였다.

　취사 마차는 신비한 마도구이다. 현실 속 군대에서 흔히 사용하는 취사 트레일러와 비슷하다고 볼 수 있다. 저 안으로 들어가면 꽤 넓은 공간이 나오고 그 안에서 조리병들은 음식을 만든다.

　"오. 아까 전의 그 햄버거 왕창 가져가서 먹던 이방인 아닌가."

　"브락. 이 친구, 조리병으로 좀 넣겠네."

　"웅? 우리는 이미 자리가 찼는데?"

　"에이, 한번만 봐주게. 일은 열심히 할 거니까, 잡일이라도 시키면 되지 않겠나?"

　브락이라는 조리병은 일반 병사들보다 체격이 훨씬 더 거대했다. 또 팔에는 멜론만 한 근육이 붙어 있었다.

　"우리 랜 대장 성격 알지 않나."

　"아무튼 부탁함세!"

　란드가 도망치듯 후다닥 뛰어갔다.

　곧이어 민혁은 자신이 해야 할 제스처를 알았다.

　"안녕하세요!"

민혁은 꾸벅 고개를 숙여 보였다.

그때 취사 마차 안에서 한 사내가 걸어나왔다. 그는 키가 민혁과 비슷할 만큼이나 커다랬다. 거기에 머리카락은 싹 밀어서 한 가닥도 존재하지 않았으며 눈 옆으로 기다란 칼자국이나 있었다.

"뭐지? 이방인인가?"

바로 랜이었다. 랜은 얼굴을 험상궂게 굳혔다. 민혁은 재빨리 고개를 끄덕이며 말했다.

"네, 조리병에 지원하고 싶습니다."

"우린 인원이 가득 찼다. 다른 델 알아봐."

"하지만 꼭 하고 싶습니다."

"꼭 하고 싶은 게 아니라, 뭐 떡고물이라도 받아먹을 수 있을까 해서 온 거 아니더냐?"

떡고물. 그 말에 조금 흠칫하긴 했다. 조리병이라면 더 많은 음식을 먹을 수 있을 수 있을까 해서 왔다. 그리고 그의 요리 스킬을 배우는 게 탐이 나기도 했다.

민혁은 포기하지 않고 말했다.

"잡일은 뭐든 시켜만 주시면 잘합니다. 저 일 잘해요!"

민혁이 볼록하고 알통을 보였다.

랜은 그를 보며 미간을 구겼다.

'잡일이라……'

하지만 잡일도 요리 쪽에 재능이 있어야 시키는 것이다. 아무엇도 모르는 사람을 데려와 부려먹으면 그 기간은 교육시킨다고 힘만 든다. 그러다가 토벌대가 끝나면 곧장 이곳을 떠나겠지.

곰곰이 생각하던 랜은 취사 마차로 들어가서 한 자루를 가지고 와 그의 앞에 던져줬다.

"마늘 자루에 있는 것을 20분 안에 전부 까라. 그러면 네 녀석을 받아주고 요리도 가르쳐 주마."

[퀘스트: 마늘 20분 안에 전부 까기]
등급: D
제한: 없음
보상: 조리병 자격
실패 시 패널티: 랜과의 친밀도 하락
설명: 랜은 쓸모없는 사람을 필요로 하지 않는다, 조리병에 도움이 된다면 당신을 거두어줄 것이다. 하지만 마늘 자루에 든 것을 20분 안에 손으로 까는 건 매우 힘든 일이다.

"대장님도 참으로 능글맞으시군. 이걸 20분 안에 어떻게 까겠나."

브락은 쯧 하며 혀 차는 소리를 냈다. 딱 보아하니 랜은 조리병을 추가로 받을 생각이 없어 보였다. 애초에 조그마한 저 마늘을 까는 건 쉽지 않다. 고작 마늘 따위로 보이지만 숙련된

자와 아닌 자의 까는 속도는 매우 달랐다.

"재료습득."

'뭐라는 거야?'

브락은 정체 모를 이방인이 중얼거리는 소리에 고개를 갸웃하면서도 말했다.

"자, 돌아가서 열심히 검이나 창을 이용해 고블린들을 잡으라고."

그렇게 말하며 몸을 돌리려던 때.

"다 깠습니다. 브락 님!"

"……응?"

브락은 어이가 없었다. 랜이 들어간 지 이제 고작 30초 정도가 지났다.

근데 뭐라고? 다 깠다고? 그런 헛소리가 어딨겠는가.

자신도 사실 저 마늘을 다 까는 데 얼마나 걸릴지는 알 수 없었다. 빨라야 20분, 느리면 30분일지도 모른다.

그는 얼굴을 굳히면서 성큼성큼 민혁의 앞으로 다가갔다.

"아무리 조리병이 되고 싶어도 거짓말을 하면 안…… 음?"

민혁이 자루를 열어 보였다. 그곳에 깨끗하게 잘 깐 마늘들이 들어 있었다.

"……이것도 까보겠나?"

브락이 옆에 있는 양파 자루를 가리키며 말했다. 양파 자루에 껍질이 벗겨지지 않은 양파가 20kg 정도 들어 있었다. 하지만 민혁이 손을 가져간 순간 양파 껍질이 그대로 사라졌다.

"다 깠습니다. 이제 전 조리병인 건가요? 우와!"

민혁은 퀘스트 완료 알림을 들었다. 그리고 얼마 후, 안에서 랜이 시끄러운 소리에 다시 나왔다.

"깔 거면 까고 말 거면 그냥 가라. 시끄럽게 하지 말고!"

"……랜 대장님, 이 녀석. 마늘을 정말 다 깠습니다. 양파도요."

랜은 그 말에 눈살을 찌푸렸다. 마늘은 잡티 하나 없이 깨끗하게 까져 있었다.

'저런 능력을 가지고 있었나?'

재료를 다듬는 스킬은 요리사 직업을 가진 이들도 드물게 가지고 있건만?

"후…… 일단은 알았다."

랜이 고개를 끄덕이자 민혁은 쾌활하게 웃으며 말했다.

"뭐부터 할까요!"

아침 일찍 출근하는 박민규 팀장은 꽤 피곤해 보였다. 작은 팩으로 된 홍삼액을 쭉쭉 빨며 들어온 그는 이민화 사원을 볼 수 있었다.

"좋은 아침."

"아, 팀장님. 오셨어요."

그녀는 그가 오길 기다렸다는 듯한 표정이다. 정장 상의를 의자에 걸친 박 팀장이 의아한 표정을 지었다.

"왜 무슨 일 있어?"

"민혁 유저가 시크릿 NPC와 접촉했습니다."

"……시크릿 NPC?"

그는 미간을 구겼다.

시크릿 NPC. 힘을 숨기고 있는 강자들, 또는 평범해 보이지만 실상은 은퇴한 은둔 고수 같은 느낌을 풍기는 자들이다. 이들은 퀘스트를 주거나 혹은 놀라운 보상을 준다.

"보르디 토벌대의 조리병이 되었어요."

그 말에 박 팀장은 눈을 크게 떴다.

"조리병 정원 꽉 차서 더 이상 못 들어가지 않나?"

"인사과 병사와 친밀도를 올려 들어갔습니다."

"이놈의 자유도 진짜…… 시크릿 NPC에 그것도 왜 하필 요리 관련 NPC지? 저 유저, 뭐 먹을 복이 타고난 건가."

"정확히는 맛있게 먹을 복 아닐까요."

그녀가 웃었다.

"흠, 그런가. 근데 이미 시크릿 NPC 랜에 관련한 퀘스트 다른 유저가 행방을 쫓고 있지 않아?"

"네, 맞아요. '황혼의 요리사'가 그를 찾고 있습니다. 이미 이스빈 마을 근방에 도달했고요."

그에 박 팀장은 고개를 끄덕이고 턱을 쓸며 골똘히 생각에

잠겼다.

이민화가 작게 웃으며 말했다.

"저 요새 민혁 유저한테 너무 신경을 많이 썼나 봐요. 어떻게 보면 민혁 유저가 그걸 얻을 확률 자체가 없는 건데……."

"얻을 확률 자체가 없다라……."

그 말에 박 팀장은 그 말을 곱씹었다. 일반적으로 생각하면 그게 맞다. 랜이라는 NPC는 황혼의 요리사에게 레벨 50대인 오크 부족장의 정수를 얻어오라고 할 것이다.

퀘스트는 공유 퀘스트와 공유 불가능 퀘스트로 나뉜다. 공유 퀘스트는 누구든 다 받을 수 있다. NPC에 따라서 이미 진행되고 있어도 같은 NPC에게 다른 이도 받을 수 있다.

하지만 공유 불가능 퀘스트는 다르다. 이미 누군가 연계 퀘스트를 진행하고 있으면 그것에 관련한 퀘스트는 진행할 수 없다. 이것은 아테네의 신들이 알아서 지킴이인 랜에게 통보할 터.

하지만 곧 박 팀장은 고개를 저었다.

"랜은 민혁 유저에게 기초 요리를 가르쳐 주고 요리 스킬을 습득하게 하겠지."

"그렇겠죠?"

"하지만 식신은 요리를 배우는 순간, 남들과 다른 힘을 또다시 개방하지."

"네."

식신의 요리는 일반 유저들의 요리와 차원이 다르다. 하지만 그것은 요리를 배워야지만 발현된다.

게임이란 하나하나 찾아가는 맛이 있어야 한다. 식신은 처음에는 먹으면서 스텟을 올리는 것에, 그다음에는 요리를 배우는 것에 즐거움을 느낄 수 있게 되는 직업이다.

"민혁 유저가 받는 요리 스킬들이라면 가능할지도 모르지."

"……네?"

"랜과 친해진다면 말이야."

"그 말은 깰 수 있다는 말인가요?"

"그럴 가능성도 있다인 거지, 사실 깰 확률은 나도 생각이 같긴 해. 희박한 정도."

그가 눈을 빛냈다.

"보르디 평지 인근에 오크 부락지가 있긴 하지만 변수가 있지 않은 이상 민혁 유저가 오크 부족장을 사냥할 일은 없을 테니까."

"맞아요."

"그래, 일단 이건 접어두고. 이번에 전설 클래스로 전직한 복제술사는 뭘 하고 있어?"

"잠시만요."

두 사람이 이야기의 화두를 바꿨다.

보르디 평지를 향해 토벌대가 출발했다. 그리고 조리병들은 취사 마차 속 안에서 음식을 준비 중이었다.

취사 마차 속은 9평 정도 될법하게 컸다. 물론 마차 크기가 그처럼 큰 것은 아니다. 특수 마법이 걸려 있어서 가능한 일이었다.

탁탁탁 탁탁탁-

랜이 쥔 칼이 빠르게 움직이며 양배추를 얇게 쳐냈다.

그러다 잠시 뒤를 돌아봤다. 조리병 신병으로 들어온 민혁이 입에 딱딱한 빵을 물고 열심히 설거지를 하고 있었다. 그다음엔 깨끗해진 식기류들을 전부 뜨거운 물 안에 담가 소독을 시작했다.

"뜨겁나?"

"아뇨, 괜찮습니다!"

"요리의 첫 번째는 위생이다. 식기류를 소독시키면 식중독균을 잡을 수 있지."

"네, 제가 다 잡아버리겠습니다!"

민혁은 열심히 했다. 더 맛있는 걸 먹기 위해, 더 많이 먹기 위해 조리병이 된 건 맞다. 어쩌면 랜이 말했던 불순한 의도가 있는 걸지도 몰랐다. 하지만 그냥 얻으려는 건 아니었다. 그만큼 대가를 줄 생각이다.

그는 최선을 다했다. 허리 한 번 피지 않고 소독했다. 소독이 끝난 후 곧바로 커다란 철 대야에 감자를 넣고 물을 담았다. 그리고 물에 담긴 감자의 껍질을 열심히 벗겨냈다.

"대장, 저 녀석 정말 열심인데요? 단순히 말뿐이 아니었나

봅니다.”

“……그렇군.”

생각해 보라. 유저들 중에서 그 누가 게임 안에 들어와서 마늘 까기, 설거지하기, 식기류 소독하기를 하고 싶겠는가? 차라리 밖에 나가 식당일을 하며 그 시간에 시급을 받는 게 낫다. 하지만 민혁은 정말 놀랄 정도로 열심히 했다.

그때 바깥이 소란스러워졌다.

끼이끼이! 끼에끼에!

“몬스터들이 나타났나 보군.”

“도와줘야 하는 거 아닌가요?”

“조리병의 임무는 병사들에게 따뜻한 밥을 먹이는 것이다. 그 임무를 해내지 못하는 것만큼 한심한 것도 없어.”

“그렇군요, 각자 맡은 임무를 최선을 다해서! 와구!”

그러면서 민혁은 딱딱한 빵을 다시 먹었다.

“아까부터 그건 왜 먹는 거냐?”

“배고파서요.”

“……흠.”

랜은 일단 고개를 주억였다. 그리고 곧 관심을 껐다.

배식 시간. 배식 통을 들고 민혁이 빠르게 움직였다.

"아이쿠, 제가 하겠습니다. 브락 님!"

"하하, 그렇게 뛰어다니지 마라, 다칠라!"

"브락 님의 요리를 하는 손을 다치는 것보다야 제가 다치는 게 낫죠."

"그런가?"

요리사의 손은 중요하다. 손이 베인 요리사는 요리를 해선 안 된다. 상처에서 나온 피가 식중독과 같은 것을 유발할 수 있기 때문이다.

배식 통을 전부 옮긴 민혁이 소리쳤다.

"병사님들, 식사하세요!"

"오, 드디어 식사 시간이군."

보르디 평지로 향하는 길은 5일 정도 소요된다 들었다.

오전 중에 만난 몬스터는 고블린이었다고 한다. 하지만 고작 스무 마리 정도. 경미한 부상자를 제하고 다친 이가 없었다.

"오늘 메뉴는 뭔가?"

"엄마 같은 랜 대장님의 손맛을 담은 스파게티입니다!"

"오, 그런데 이 친구야. 어딜 봐서 랜 대장이 엄마처럼 생겼나. 산적처럼 생겼지."

그에 민혁이 눈을 가늘게 뜨고 속삭였다.

"사실 저도 알아요. 산적 같은 랜 대장의 손맛이 담긴 스파게티입죠! 얼굴은 우리 베네토 병사님이 최고 아닙니까."

"크하하하핫! 이 친구 뭘 아는구먼! 이봐 란드. 조리병 신병을 아주 잘 뽑았어!"

[베네토와의 친밀도가 상승합니다.]

"이 녀석, 아주 재밌다니까!"

병사들은 민혁을 아주 좋아했다. 말재주 솜씨와 싹싹한 모습, 거기에 열심히 하기까지 한다. 다른 유저들이 이번 습격에서 건성으로 움직이는 것과는 근본적으로 달랐다!

[란드와의 친밀도가 상승합니다.]
[아르덴과의 친밀도가 상승합니다.]

계속해서 오르는 친밀도!

베네토라는 병사가 자신의 품 안을 뒤적였다. 민혁의 눈이 초롱초롱해진다.

"자네, 아까 보니 먹는 걸 참 좋아하는 것 같던데. 이 육포 좀 먹어보겠나?"

"오오오오! 감사합니다. 킹 갓 엠페러 제네럴 충무공 마제스티 같은 베네토 님!"

"응? 그게 무슨 소리인가?"

"짱짱이라는 겁니다!"

"하하하하하, 먹을 거 하나 줬다고 이렇게 좋아하는 친구는 처음이군, 이방인들은 아주 싫어하던데."

"세상에 어떻게 그럴 수가 있죠? 먹을 것보다 좋은 건 없는데 말입니다!"

민혁은 그가 건네준 육포를 받아 들고 진심으로 이해할 수 없다는 표정을 지었다.

그리고 한편으론 생각했다.

이것 보라. 병사들과 친해지니, 자신에게 맛있는 걸 주지 않는가!

"마음 같아선 내 딸아이를 소개시켜 주고 싶군, 내 딸이 얼마나 예쁜지 아나? 이거 보게. 화가가 그려준 내 딸과 내 그림이라네!"

곧이어 베네토라는 병사가 딸아이와 자신이 그려진 그림을 보여줬다.

'이, 이게 뭐야……! 오크가 화장한 것 같이 생겼잖아!'

민혁은 아부 인생 처음으로 엄청난 난관에 봉착했다. 이걸 어떻게 표현해야 베네토가 기분 나쁘지 않겠는가! 혹여 기분 나쁘다면 다시 육포를 빼앗길지도 모르는 노릇.

'그, 그것만은 안 돼!'

민혁의 이마에서 식은땀이 흐르기 시작했다.

"이 친구, 왜 말이 없나? 예쁘지 않나?"

고슴도치도 자기 새끼는 예쁘다더니!

"아, 아주 아름다우신 것 같습니다."

"그렇지? 한데, 왜 식은땀을 흘리나? 좀 구체적으로 말해보지."

"눈과 코의 자유분방함에 경악…… 아니, 감탄이 나올 것만 같습니다."

"자유분방하다?"

"예, 헤…… 자유분방하게 어딜 봐도 아름답다?"

"크하하하핫, 이 친구. 내가 토벌대가 끝나면 자리 한번 마련해 주지!"

'끄, 끔찍한 소릴……!'

민혁은 서둘러 자리를 떴다. 바로 그때 랜이 다가왔다.

"자네, 나 좀 보지."

"예?"

그가 민혁을 이끈 곳은 다름 아닌 주방이었다. 민혁은 잡일을 하는 동안 랜과 브락의 친밀도가 상승했다는 알림을 계속 들었었다.

랜은 민혁을 도마 바로 앞쪽에 세웠다.

"칼을 쥐게."

"예?"

"요리 가르쳐 주기로 했으니까."

민혁은 그 말에 속으로 쾌재했다.

[요리사 랜으로부터 요리 스킬 습득을 제안받습니다.]

[명성 4를 획득합니다.]

[제안을 수락할 시 스킬 퀘스트가 생성됩니다.]

민혁의 입가가 기쁨에 겨워 씰룩였다. 요리를 배운다. 즉, 요리 스킬을 익힌다. 그게 뜻하는 건?

'더 맛있게 먹을 수 있다는 거지!'

요리 스킬을 배우면 당연히 요리의 퀄리티도 올라가지만, 맛도 좋아진다. 거기에 손재주 스텟을 얻을 수 있게 된다.

손재주. 정말이지 다양한 분야에 도움이 되는 스텟이다. 요리 역시 손재주를 올리면 맛이 더 좋아진다. 하지만 맛이 좋아지려면 스텟 20개를 올려야 미미한 효과를 발한다. 예를 들어 힘 스텟을 찍으면 물리 공격력이 3 증가한다. 하지만 손재주 스텟은 20개를 올려도 맛이 1 증가할 뿐이다.

하지만 민혁이 게임을 하는 이유가 뭐던가? 오로지 맛있게 먹기 위함이 아니던가!

그래서 그는 손재주 스텟이 올라가는 게 좋았다.

'손재주 스텟은 명성과 같이 보너스 포인트로 올릴 수 없다는 게 문제지.'

손재주 스텟은 반복적인 과정 혹은 자신이 뛰어난 무언가를 만들어냈을 때 등의 일들을 통해 올릴 수 있다.

'듣기론 스킬을 반복해서 사용해도 손재주가 오른다고 했어.'

요리 스킬을 배워서 반복하면 손재주가 상승한다. 그 외의 모든 손재주가 필요한 스킬 등을 사용해도 손재주 스텟은 꾸준히 상승한다.

"넵, 가르쳐 주시면 감사히 온 힘을 다해 배우겠습니다!"

[퀘스트: 요리 스킬 습득]

등급: C

제한: 랜과의 친밀도

보상: 요리 스킬

실패 시 패널티: 3개월 동안 요리 스킬 습득 불가

설명: 실력 있는 요리사 랜. 그가 당신에게 요리를 손수 가르쳐 주겠다고 한다. 요리의 기본은 칼질이다. 칼질 숙련도 100%를 채워라!

"자, 칼을 한 번 쥐어보지."

랜이 민혁의 손에 푸른색 칼자루의 식칼을 쥐어줬다. 그리고 손가락을 어떻게 잡아야 할지 세세하게 짚어줬다.

"엄지와 검지를 제외한 세 손가락으로 칼자루를, 엄지와 검지로는 칼날의 윗부분을 잡아, 이렇게 해야 칼에 안정적으로 힘이 들어가게 되지. 보통의 사람들은 이렇게 다섯 개의 손가락으로 칼자루를 쥐지."

"아하, 그렇군요."

민혁도 사실 그렇게 쥐고 있었다.

"잘 보면 칼자루와 도마의 색깔이 같네, 그 이유는?"

"도마와 칼자루의 색을 맞춘 건가요? 그렇다면…… 음, 푸른색 도마와 칼자루는 오로지 채소를 썰 때 사용하는 겁니다."

"오, 자네 뭘 아는데?"

랜은 의외라는 표정이었다.

사실 민혁은 그들이 요리할 때 유심히 지켜봤다. 육도는 붉은색 칼자루, 도마도 붉은색이고 고기를 썰 땐 오로지 그것들만 사용한다. 그리고 채소는 푸른색 도마와 푸른색 자루 칼만 사용한다.

"밖에서 사람들이 보는 것과 다르게 주방 안은 규칙이 존재하는 거지, 정말 기본적인 규칙이라고 보면 되네. 만약 도마 하나에 모든 걸 쓰는 식당을 발견하게 된다면."

"신고해 버릴게요!"

"그래."

랜은 피식 웃었다. 그는 사실 민혁이란 자에게 설렁설렁 요리를 가르치려고 했다. 그것은 자신의 약속이었고 퀘스트 보상이니까. 하지만, 점점 이놈과 이야기를 하다 보니 더 욕심이 생긴다.

'눈빛이 초롱초롱하다.'

공부에 재미를 느끼는 학생 같다. 거기에 병사들에게 잘 대해주고 친절하기도 하다.

민혁이 양파를 썰기 위해 칼날로 꾹 눌렀다.

"잠깐."

랜이 제지했다.

"예?"

"칼을 당긴다고 생각하게. 자네가 하는 건 써는 게 아니라, 뭉개는 거지."

"아……."

"끌어당기면서 썰어야 해. 이렇게 끌어당기면서 써는 이유는 여러 가지가 있는데, 그중 하나가 바로 신선도이네."

"신선도요?"

"그래, 끌어당겨서 썰면 양파는 신선하게 더 오래 보관할 수 있지. 그리고 오른손으로 썰면서 왼손의 손가락 마디마디는 칼이 엇나가지 않게 막아주는 역할을 하지."

"오……!"

유익한 정보다. 민혁은 그 말을 들은 것만으로도 숙련도가 상승한 것을 볼 수 있었다.

얼추 가르쳐 준 랜. 그가 곧이어 커다란 마대를 가져왔다. 자루 안에는 생무가 한가득 담겨 있었다.

"질 나쁜 무야, 브락이 칼 연습을 한다고 안 버렸지. 이걸로 연습하게."

"옙!"

"자네, 혹시 그 정체 모를 스킬로 썰진 않겠지?"

"아닙니다. 헤……."

사실 그렇게 하는 방법도 있다. 하지만 칼질을 해야 숙련도를 채워 요리 스킬을 배울 수 있었다.

"참, 창고 안에 있는 딱딱한 빵이나, 부드러운 빵, 우유 같은 거 남은 건 먹어도 된다네. 아까 배식하고 남았던 스파게티도 먹어도 되고."

"오오오……! 감사합니다. 랜 대장님 최고입니다!"

민혁이 열심히 하자 랜도 호의적으로 변했다.

랜은 나가면서 생각했다.

'저거 다 썰려면, 쉬다 썰다 보면 하루는 걸리겠군.'

그가 나서고 민혁은 칼질을 시작했다.

탁…… 탁…… 탁…….

분명히 미숙한 솜씨였다. 하지만 민혁은 진심으로 기뻤다.

'내가 더 맛있는 요리를 만들 수 있다!'

그는 무엇을 하든 엄청난 집념을 가지고 했다. 새로운 것을 해냈을 때의 쾌감은 이루 말할 수 없었다.

그렇게 1시간이 지났다. 여전히 그의 솜씨는 형편없는 수준이었다. 하지만 조금 자신감이 붙었다.

그렇게 다시 딱딱한 무를 썬다.

"어어, 신참. 잘하고 있나?"

"넵!"

"어디 보자."

그리고 이어 브락이 그의 곁에 다가왔다. 그러더니 놀란 표정을 지었다.

'뭐야, 왜 이렇게 잘해?'

생각보다 잘한다. 아직 민혁의 무들은 뒤죽박죽이고 엉성하다. 하지만 속도가 빨랐다.

그리고 4시간 후.

탁탁탁탁!

그는 여전히 칼질 중이었다.

그러다가 눈살을 찌푸렸다.

"아야……."

엄지와 검지로 칼날의 윗부분을 잡고 반복해서 칼질하다 보면 계속 압력을 받는 부분에 물집이 잡히기 시작한다.

민혁은 새빨개진 그 부분을 바라봤다. 따갑고 쓰리다. 하지만 괜찮다.

다시 4시간 후.

탁탁탁탁탁!

간격이 맞아떨어지기 시작한다. 그리고 다시 들어온 브락이 경악했다.

"너, 너 아까부터 지금까지 계속 칼질만 한 거야?"

"예, 그렇습니다!"

민혁이 경쾌히 답했다. 브락은 고개를 절레절레 저었다.

"손 안 아파?"

"괜찮습니다. 그보다 점점 좋아지고 있어요!"

순식간에 숙련도가 68%까지 치솟아 올랐다.

'뭐 이런 독종이 다 있어?'

자신은 랜에게 그 말을 듣고 하루에 한 시간씩만 연습했다. 손가락이 너무 아팠기 때문이다. 그러나 민혁은 이미 한 자루를 끝내고 두 자루째에 들어서고 있었다.

타타타타타타탁!

칼질하는 소리가 경쾌하다. 흡사 레스토랑의 주방에서 나오는 듯한 소리에 브락은 경악했다.

'간격이…… 딱 맞아……!'

민혁은 몰랐지만, 숙련도가 올라갈수록 당연히 식칼의 움직임은 훨씬 좋아진다. 그리고 민혁은 한 번도 쉬지 않고 단숨에 빠르게 숙련도를 올린 것!

타타타타타타타!

무를 단숨에 썰어낸 민혁.

'무, 무가 움직이지 않는다……!'

썰리면서도 무는 가만히 있었다. 하지만 칼은 움직인다. 외형으로 보면 누군가 무에 줄을 그은 것 같다. 하지만 곧 민혁이 칼 면으로 반쪽짜리 무를 꾹 누르는 순간, 무가 눕혀지며 썰린 무 조각들이 나열된다.

"헉……!"

브락이 놀란 목소리를 토해낼 수밖에 없었다.

랜은 브락에게 저녁 메뉴를 맡겨둔 후에 토벌대와 함께 움직이면서 자라나 있는 풀잎들을 계속해서 땄다.

'로베르풀.'

쑥 맛이 나는 아테네에서만 맛볼 수 있는 별미다. 신선하게 자라난 로베르풀은 인위적으로 길러진 풀보다 훨씬 맛이 좋다. 그 때문에 한가득 딴 것이다.

시간이 꽤 지나서 취사 마차로 돌아가던 랜은 곧이어 토벌대장 발드를 만날 수 있었다.

"오, 랜. 이번에 신병을 받았다던군. 병사들이 아주 예뻐하던데?"

"그래, 받았지."

"자네가 웬일인가? 이방인을 별로 좋아하지 않으면서."

"놈이 워낙 열심히 해야 말이지. 또⋯⋯."

그는 뒷말을 흐리면서 고개를 저었다.

"그냥 생각보다 녀석이 열심히 해서."

"그래? 그것참 다행이군."

어찌 보면 일개 조리병의 분대장과 기사 작위를 가진 기사의 대화가 아닌 것 같았다. 하지만 둘의 대화 자체는 너무나 자연스러웠다. 그 이유는 랜이 과거 황궁의 요리사였기 때문이다. 그것도 메인 주방장이었다. 하지만 그는 누명을 쓰고 이곳에 좌천되었다.

"참, 오늘 저녁 메뉴는 뭔가?"

"돈까스."

"오, 자네가 만든 돈까스라, 군침이 도는군."

"후후, 기대하라고."

그 말을 끝으로 랜은 몸을 돌렸다. 그러다가 아까 삼켰던 뒷말을 속으로 생각한다.

'나하고 닮아서.'

민혁이란 이방인은 자신과 닮았다. 그는 요리하면서 무언가 꼭 해야만 한다는 느낌이 있었다. 마치 과거의 자신처럼.

'어디 반자루나 썰었으려나?'

그런 생각을 하며 취사 마차 안으로 들어갔을 때였다.

"돈까스는 다 되어가나?"

"예, 다 되어갑니다. 그보다 분대장님. 저 녀석 좀 보십시오."

"응?"

타타탁탁탁탁탁탁!

경쾌한 칼질 소리. 랜은 그 칼질 소리가 브락의 것이라 생각하고 들어왔다. 하지만 브락은 튀김 솥에서 돈까스를 튀기고 있었고 칼질 소리의 주인은 민혁이었다.

랜은 그 광경에 경악했다.

'까, 깔끔하다……!'

양파의 간격이 일정하다. 그리고 빠르다.

그가 경악했다.

"어, 어떻게……?"

그때 민혁이 몸을 돌렸다.

몸을 돌린 민혁은 놀라는 랜을 보며 고개를 갸웃했다.

그리고 그 순간.

[칼질 숙련도 100% 달성]
[손재주 10을 획득합니다.]
[식신의 위대함 효과를 받습니다.]
[가장 높은 경지에 이른 요리 스킬을 획득합니다.]
[식신의 요리 스킬을 획득합니다.]
[식신의 요리습득 스킬을 획득합니다.]
[재료추적 스킬을 획득합니다.]
[무아지경 스킬을 획득합니다.]

"······어?"

민혁은 놀랄 수밖에 없었다.

추가로 획득한 스킬. 가장 높은 경지에 이른 요리 스킬을 획득했다는 알림이 분명히 울렸기 때문이다.

'······식신의 위대함?'

민혁의 식신 스킬창에는 식신의 위대함이 존재한다. 모든 게 물음표로 되어 있던 그것 말이다.

'허어······.'

의외의 성과에 민혁은 감탄했다. 막 요리 스킬을 확인하려던 때였다.

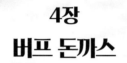

4장
버프 돈까스

"다 배웠군, 훌륭해."

랜은 감탄하는 표정으로 민혁을 보았다.

"감사합니다. 스승님!"

"스승님이라."

"제게 요리를 가르쳐 준 분이시니, 스승님이시죠!"

랜은 피식하고 웃었다. 싫지만은 않은 표정이었다.

민혁은 당장 그것들을 확인하고 싶은 욕구가 있었지만, 랜을 무시하고 '아, 좀 기다려라, 형 확인 좀 하게.' 할 순 없었다.

"이리로 와라."

"네?"

"돈까스 튀기는 법을 가르쳐 주마."

랜은 브락이 돈까스를 튀기는 곳으로 민혁을 이끌었다. 브락이 돈까스를 튀기다가 한 걸음 물러났다.

"짜식, 랜 대장님이 요리를 직접 가르쳐 주는 경우는 없는데, 너 좋겠다?"

"헤헤."

민혁은 기분 좋게 웃어 보였다.

이런 식으로 더 많은 레시피로, 요리해 볼수록 요리 스킬 숙련도는 올라간다.

'하지만 알림에 따르면 난……'

식신의 요리 스킬로 들어섰다는 거다.

"자, 먼저 이 고기를 봐라. 이 고기는 핏물을 닦아내고 소금과 후추를 뿌려 약간의 간을 한 것이다."

"네네."

그 설명이 이어지는 순간이었다.

머릿속에서 알림이 들린다.

[소금 간을 많이 할 시 고기의 육즙이 빠져나와 맛이 떨어질 수 있습니다. 적당량만 간을 하는 것이 중요합니다.]

그리고 그 알림은 마치 민혁이 본래 알고 있던 것처럼 주입된다.

'헉……!'

민혁은 눈을 크게 뜨면서 생각해 봤다.

'식신의 요리습득이라는 것 때문인가……?'

아직 확인은 못 해봤지만 추정이다.

"이 고기에 밀가루를 묻혀주는 거지."

[밀가루를 주로 사용하나 튀김가루를 사용해도 된다. 그렇게 할 시 튀겼을 때 훨씬 바삭하다.]

알림은 계속 들려왔고 정보는 머릿속에 저절로 주입된다.

"그리고 계란물을 입힌 다음에 여기 판 위로 깔려 있는 튀김가루를 입혀준다. 파슬리 가루를 튀김가루에 섞어주면 모양도 맛도 더 살아나."

"예!"

"내가 먼저 튀겨보마."

그다음 랜은 빵가루를 입힌 돈까스를 들고 뜨거운 솥 앞으로 걸음 했다. 그는 기름으로 작은 빵가루 하나를 떨어뜨렸다.

촤르르르-

"빵가루가 중앙까지 내려가다가 가뿐히 떠오르면 170도의 온도가 되어 적당한 온도가 된 거다. 더 높으면 기름을 더 붓거나 화력을 조절해라, 온도가 낮아도 역시 화력 조절이 필요하다."

빵가루가 중앙까지 갔다가 떠오르자 그가 돈까스를 기름 안에 넣었다.

촤르르르르!

즐겁고 비트 있는 소리. 돈까스의 색이 변하며 빠르게 익어간다.

"온도는 매우 중요하지, 너무 세면 겉이 타버리고 속은 익지를 않거든."

곧이어 랜이 돈까스를 건져냈다. 그다음 키친타월을 이용해 기름을 쫙 빼내고 집게와 가위로 돈까스의 중앙 부분을 잘랐다.

꼴깍-

민혁의 목울대가 움직였다.

사실 그가 요리할 때, 당장 랜에게 '저리 비켜, 먹을 거얏!' 하고 싶은 욕구를 겨우겨우 참아낸 민혁이다.

그는 고개를 갸웃하면서도 감탄했다.

"와아아아아!"

그 감탄은 잘린 돈까스를 보고 하는 것이었다.

속 안이 아주 알맞게 익었다. 거기에 튀김옷은 어떠한가. 탄 곳 한 군데 없이 바삭하게 잘 익었다.

랜이 흐뭇한 미소를 지었다.

"확인해 봐라."

"넵!"

요리도 확인이 가능하다. 민혁은 돈까스를 확인해 봤다.

(돈까스)

재료 등급: E

등급: 매직 / 제한: 없음

보관일: 2일 / 유지 시간: 1시간

특수 능력:

- 공격력+6%

- 방어력+7%

설명: 요리사 랜이 만든 조금 특별한 돈까스.

"오오오……! 정말로 버프 효과가 있어요!"

민혁이 감탄했다. 그에 랜이 말했다.

"알겠지만 무슨 급의 요리사인지에 따라서 하루에 만들 수 있는 버프 요리의 개수가 달라지지. 난 하루에 3개 정도를 만들 수 있고, 조절하면 20개까지 가능하며 달인급일세."

버프도 놀랍지만, 랜이 '달인'이라는 것도 적잖이 놀란 부분이다. 요리사의 급은 초급, 중급, 고급, 달인, 장인이 있고, 현재 국내의 요리사 중, 급이 가장 높은 이가 달인이라 알려져 있다.

'도대체 랜 스승님은 정체가 뭘까?'

민혁은 의아한 표정을 지었다. 곧 랜이 말했다.

"보관일도 요리 등급에 따라 천차만별이야. 그 때문에 요리사들이 이리 치이고 저리 치이지."

"아……."

민혁은 대충 이해가 됐다.

요리사의 그나마 큰 장점이 뭘까? 바로 요리를 따로 구매해서 1인 사냥을 할 때 버프를 받을 수 있다는 거다. 하지만 한계도 명확히 존재한다. 보관일이 너무나 짧기 때문.

"중급 요리사들은 아마 4시간 보관이 한계일 거야, 물론 요리마다 다르긴 하지만. 자, 이제 한번 해보지."

랜은 튀김 솥 안에 기름을 붓고 일부러 온도를 낮췄다.

"기름 온도 맞추는 것부터 익혀야지."

"네, 알겠습니다!"

그리고 이어 민혁은 랜이 가르쳐 준 것을 머릿속에 떠올려 보며 손을 움직이기 시작했다. 그 움직임 하나하나가 신중했다.

'그래야 더 맛있지!'

잘한 요리는 더 맛있는 법이지 않던가.

민혁은 자신의 손이 꽤 능숙하게 움직이는 걸 볼 수 있었다. 식신의 요리 스킬로 인한 영향이었다.

빵가루를 고기에 잘 묻히고 이제 튀기기만 남은 단계.

'돈까스는 어떻게 익히는지가 정말 중요하지, 잘못하면 겉은 타버리니까. 내가 만든 첫 돈까스! 꼭 맛있게 만들고 만다!'

신중을 기해서 빵가루를 기름 안에 넣으려던 때였다.

"어?"

[기름의 온도가 154도입니다.]

놀라운 소리가 들려온다.

그는 그러면서도 알림에 화력을 높였다.

그다음 손을 뻗어봤다.

[기름의 온도가 157도입니다.]

[기름의 온도가……]

손을 뻗자 계속 기름의 온도를 확인할 수 있었다. 이런 식이라면 분명 더 맛있는 돈까스가 탄생할 것 같았다.

그리고 랜은 그걸 보면서 미간을 찌푸렸다.

"손의 감으로 기름의 온도를 맞춘다? 차라리 온도계를 쓰지 그러나. 아니면 내가 말했던 빵가루를 떨어뜨리는 방법을 사용……."

하지만 그 말이 끝나기 전.

[기름의 온도가 최적화됩니다.]

촤르르르르르!

민혁이 돈까스를 넣는 순간. 기름이 딱 알맞은 온도인지 돈까스가 안정적으로 튀겨지기 시작했다.

'헙……!'

'억?'

브락도 랜도 다소 놀란 표정으로 민혁을 보았다. 그리고 이어 민혁은 돈까스를 유심히 지켜봤다.

그러다가 이내, 그가 건지기 체를 기름 안에 집어넣었다. 그저 보는 것뿐인데, 오랫동안 돈까스를 튀겨본 장인처럼 지금이 꺼내야 할 타이밍이라는 걸 느꼈다. 곧이어 꺼낸 다음 기름을 탈탈 털어냈다. 기름을 털어내고 가위로 잘라낸다.

'……정말 잘 익혔어.'

랜은 감탄했고 브락은 눈을 비볐다.

'나, 나보다 더 잘 튀기는데……?'

"어떻습니까?"

"후, 훌륭하다!"

"헤헤!"

민혁이 신이 나서 웃었다.

"이 돈까스는 네가 먹도록 해라, 네가 튀긴 첫 돈까스니까."

"오. 감사합니다."

민혁은 감격했다. 그리고 이어서 돈까스를 접시 위에 담았다. 그 옆으로 얇게 썬 양배추와 옥수수 콘, 으깬 감자를 올렸다. 요리를 완성하자 알림이 울렸다.

[버프 능력과 식신의 진가 중 한 가지를 선택해 주시기 바랍니다.]

민혁은 버프 능력으로 해보기로 했다. 아직 한 번도 버프 능력이 있는 요리는 만들어본 적이 없으니까.

'설마 선택에 따라 맛이 변하진 않겠지?'

괜한 기우라고 생각하며 고개를 절레절레 저은 민혁이 선택했다.

'버프 능력.'

[돈까스를 완성합니다.]
[노멀 등급입니다.]

요리사들의 요리에도 급이 있는데, 이것은 아이템과 똑같이 노멀, 매직, 레어, 유니크, 에픽, 전설, 신. 이런 식이다.

"일반 돈까스가 완성되었겠군."

양 팔짱을 낀 랜이 빙그레 웃었다.

"첫 돈까스를 꽤 훌륭히 해냈어. 하지만 스킬 레벨 자체가 낮아서 어쩔 수 없어. 레벨이 높은 자들이 몬스터를 사냥해서 돈을 더 많이 버는 것과 같은 이치지."

민혁은 곧바로 돈까스를 확인해 봤다.

(돈까스)

재료 등급: E

등급: 노멀 / 제한: 없음

보관일: 4일 / 유지 시간: 12시간

특수 능력:

• 공격력+10%

•방어력+8%

설명: 아직은 이름이 알려지지 않은 요리사가 처음으로 만들어 낸 맛있는 돈까스.

"버, 버프가 있는데요……?"

"노멀이 버프가 있다고……?"

"네, 정말입니다."

랜이 보았을 때 민혁은 거짓말을 할 이는 아니었다.

"내가 확인해 봐도 되겠나?"

랜이 서둘러 다가왔다. 민혁은 고개를 주억였다.

다가온 랜이 돈까스를 확인해 봤다.

"이, 이게 도대체……."

그는 말문을 잇지 못하고 있었다.

이게 가능하단 말인가? 아니, 상식적으로 불가능하다. 요리 스킬 초급. 그것도 초급 중에서도 1레벨인 민혁이 만든 요리에 이렇듯 말도 안 되는 버프가 깃들 수 없었다. 이 정도라면 거의 장인급 솜씨 이상이다.

물론 요리를 만들 때 운도 작용한다. 하지만 이것은 운의 범위를 벗어나는 일이었다.

"저 잠시 얻은 요리 능력 좀 확인해 봐도 될까요?"

"크흠, 그러지."

랜이 헛기침을 하면서 생각했다.

'이 녀석…… 정체가 뭐지?'

살면서 첫 요리에 이 정도 버프 요리를 만들어냈다는 이야기는 듣도 보도 못한 이야기다.

민혁은 가장 먼저 아까 알림에 울렸었던 것을 확인했다. 바로 식신의 요리 스킬이었다.

(식신의 요리)

패시브 스킬

레벨: 1(현재 레벨업 불가)

효과:

- 그 어떤 요리사들보다 더 뛰어난 버프를 요리에 담을 수 있다.
- 그 어떤 요리사들보다 보관도와 유지 시간이 훨씬 더 길다.
- 그 어떤 요리사들보다 훨씬 더 많은 버프량을 가지고 있다.
- 버프량을 설정할 수 있다.

다른 건 모두 이해가 되는 부분이었다. 하지만 버프량은 이해할 수 없었다. 그래서 상세 설명을 확인했다.

[버프의 설정입니다. 하루에 주어진 버프량 100% 안에서 나눠서 설정할 수 있습니다. 소수의 인원을 위한 요리를 만들지, 다수의 인원을 위한 요리를 만들지 선택 가능하며, 식신의 경우 식신의 진가를 위한 요리도 해당되고 스텟을 위한 요리는 더욱 많

은 버프량을 소모합니다.]

'아하.'

쉽게 이해가 되는 말이었다. 하나의 요리에 버프를 집중하면 그 요리에 버프가 더 많이 깃든다. 대신 다수의 인원을 위한 요리를 만들 때보다 버프량이 훨씬 더 많이 소모되는 것이다. 민혁은 버프량을 확인해 봤다.

'30%까지 차올랐네.'

하루 버프량의 시작은 0%인 것 같다. 이게 100%가 되면 아마도 그날은 더 이상 버프 요리를 만들 수 없을 것이다.

다수의 버프 요리, 그건 얼만큼의 힘을 낼까. 아직은 알 수 없었다. 하지만 확실한 것은 분명히 일반 요리사 유저들보다 압도적일 거라는 거였다. 그 어떤 요리사들보다도 보관도와 유지 시간도 더 길다고 되어 있었다.

또한 민혁의 버프량 자체는 랜보다도 훨씬 높을 것이다. 그리고 랜이 버프 요리를 3개에서 20개까지 조절해서 만들 수 있다고 한 것으로 봐서 일반 요리사들에게도 버프량 수치가 존재하는 것 같았다.

식신의 요리 스킬!

남들이 보면 경악할 것이었다.

그리고 무아지경. 무아지경은 레벨이 '없음'으로 되어 있다. 즉, 더 이상 성장할 수 없는 패시브 스킬. 거기에 더한 효과는 얼만큼 요리를 섬세하게 했는지, 심혈을 기울였는지, 집중했는지 등등의 다양한 것을 통해 요리가 더 나아지게 도와주는 효과라고 하였다. 모두가 대단한 능력.

하지만 민혁은 정반대로 실망한 표정이 역력했다. 그 표정을 본 랜이 물어왔다.

"왜 그런가? 자네 혹시 남들과 다른 스킬을 얻은 거야?"

"……뭔가 좋은 것들이 굉장히 많은데."

"많은데?"

랜과 브락이 침을 꼴까닥 하고 삼키면서 그의 앞으로 다가와 귀 기울였다.

"맛은 좋아진다고 안 나와요. 흐엉!"

"……."

"……."

민혁은 진심으로 실망한 기색이 역력해 보였다. 사실 스킬에서 기대했던 건 '맛이 정말 좋아진다.'였던 것이다!

"마, 맛……?"

"네……."

시무룩해진 민혁을 보며 랜과 브락은 잠시 말문을 잃었다. 특히나 랜은 황당하기 그지없었다.

'E급 재료를 이용해 저 정도 버프를 담아낸 녀석이 그것보다도 맛 부분이 추가되지 않았다고 실망하다니.'

사람이 이럴 수가 있겠는가! 그는 오로지 먹기만 위해 살기라도 한단 말인가!

랜이 울먹이기까지 하는 민혁을 위로하듯 말했다.

"자네의 그 요리 스킬에 의해 돈까스는 훨씬 더 잘 튀겨졌지, 그 때문에 맛은 그전보다 훨씬 좋아졌을 거야."

"오……!"

그 말에 민혁의 얼굴에 화색이 돌았다.

'그래, 낙담하지 말자!'

엄청난 식신의 요리 스킬을 얻고도 시무룩했다가 다시 기운을 차린 민혁이었다.

그는 다음으로 식신의 요리습득 스킬을 확인했다.

(식신의 요리습득)

패시브 스킬

레벨: 없음

효과:

• 요리에 대한 습득력 대폭 상승

• 재료에 대한 더 나은 조리법을 습득할 수 있다.

식신의 요리습득은 한 마디로 민혁을 보조해 주는 스킬로 보였다. 일단 요리에 대한 습득력 대폭 상승의 경우 민혁이 손수 돈까스를 만들며 확인해 봤다. 그는 한 번 본 것만으로도 많이 튀겨본 사람처럼 더 나은 조리법이 계속 머릿속에 주입

되고 있었다.

그리고 마지막.

(재료추적)

패시브 스킬

레벨: 1(현재 레벨업 불가)

사용 시 패널티: 하루 동안 식신의 진가 사용 불가

효과:

•요리의 종류와 부여할 버프를 선택하면 반경 1㎞ 안에 있는 재료를 탐색하고 구할 수 있는 재료와 대체 재료, 그리고 구체적인 레시피를 시스템이 제안한다.

-일일 사용 가능 횟수 3/3(스킬 레벨업 시 사용 횟수 증가)

이 스킬은 쉽게 표현하면 이거다.

먼저 중국 요리를 설정한다, 그다음 원하는 버프 능력을 입력하면 자동으로 재료를 탐색해 낸다. 그 재료를 이용해 요리를 만들면 원하는 버프를 담은 요리가 완성된다는 것이다.

'이 말은 즉…….'

이제 민혁이 필요한 버프를 제공하는 요리를 만들어낼 수 있다. 대신, 재료가 주위에 있어야 한다. 그리고 큰 페널티는 아닐지 모르지만, 하루 동안 식신의 진가를 사용할 수 없다.

내용을 확인한 민혁은 의문점이 생겼다.

'현재 레벨업 불가?'

현재라는 말은 지금. 즉, 지금은 레벨업 할 수가 없다.

'그 의미는……'

앞으로 조건을 달성하면 레벨업이 가능해진다는 거다.

그는 의아한 표정을 짓다가 자신의 상태창을 열람해 봤다. 그리고 식신 바로 옆의 20%가 순식간에 50%까지 치솟은 걸 볼 수 있었다.

'헙!'

아마도 요리 스킬을 습득함으로써 영향을 미친 것 같았다.

'저게 100%가 되면 레벨업이 가능한 게 분명해, 그리고……'

요리를 잘하게 돼서 더 맛있는 음식을 먹을 수 있게 되지 않을까 추측하는 그다.

확인을 끝낸 민혁이 숨을 깊게 뱉었다.

"후아! 너무 오래 참았다."

'내가 스킬들을 보며 얼마나 배고팠는데!'

사실 스킬창보다 돈까스가 더 눈에 들어왔다.

식신의 스킬보다 돈까스더냐?

그럼 민혁은 대답할 거다.

'당연한 거 아입니까!'

하지만 랜과 브락의 초롱초롱한 눈빛에 어쩔 수 없이 스킬을 확인했던 것. 그는 서둘러 자신이 튀긴 돈까스 앞에 앉았다.

"먹어도 될까요?"

"물론."

랜은 특별히 식신의 요리 스킬에 대해서 추궁하거나 하진 않았다. 그는 뛰어난 능력을 갖췄든 아니든, 결국 남을 위해 요리하는 게 요리사라는 지론을 가지고 있었기 때문이다.

"히야……."

민혁은 양손을 싹싹 비볐다.

돈까스.

흔하게 찾아볼 수 있는 음식이지만 한마디로 말할 수 있다. 싫어하는 사람이 적을 정도로 맛있는 음식.

민혁은 먼저 보온 통으로 걸음을 옮겨 그곳에서 뜨뜻한 국물을 받았다. 이 국물은 흔히 김밥천국과 같은 곳에서 찾아볼 수 있는 그런 우동 국물이었다.

그다음 나이프를 든 민혁은 먼저 그 손을 쿵 소리 나게 테이블 위에 올렸다. 그리고 돈까스에 소스를 부었다. 아직 따뜻한 온기가 있는 돈까스 소스는 모락모락 김을 피웠다. 그 안에 양송이와 얇게 다진 양파가 보인다.

"크흐!"

절로 군침이 돈다.

민혁은 그 돈까스를 포크로 단숨에 쿡 찍었다. 나이프는 한 손에 들고 전혀 사용하지 않는다. 그 이유는 하나.

'이 나이프는 나의 돈까스를 지키기 위함이지, 썰라고 있는 것이 아니다!'

돈까스를 썰어놓으면 함께 먹던 친구들은 말한다.

'나 하나만.'

하나가 두 개가 되고 세 개가 되며 한 개의 돈까스가 되는 법.

"나……."

"안 됩니다!"

일 초의 망설임도 없는 단호박!

브락이 말을 꺼내는 순간 민혁이 나이프를 슬쩍 들어 올려 보인다.

"……서운하다."

"헤…… 저의 첫 돈까스인지라 저만 먹고 싶어서요. 제가 다 먹고서 따로 튀겨 드릴게요."

그러면서도 친밀도가 떨어지지 않게 치장하는 민혁은 과연 치밀했다.

그는 소스가 잘 발린 돈까스를 한 입 크게 베어 물었다.

바삭바삭-

잘 튀겨진 돈까스는 노릇노릇했고 막 부은 소스와 만나 찰 떡궁합을 자랑했다. 더군다나, 돈까스가 얼마나 잘 튀겨졌는 지 겉은 바삭하지만 튀김옷 속 두꺼운 고기는 부드럽다고 할 수 있을 정도로 잘 익었다.

씹을 때마다 바삭거리는 식감과 묵직한 고기 씹는 맛에 절 로 민혁의 입가에 미소가 감돌았다.

그러다가 목이 조금 메면 국물을 떠서 먹었다. 옅은 간장의 맛이 느껴지는 이 우동 국물은 항상 입맛을 더 돋워주는 역할을 하는 것 같다.

그다음 키위 드레싱을 뿌린 양배추를 슥삭슥삭 포크로 잘 비벼준다. 초록색 샐러드는 물을 머금고 윤기를 띠었다. 포크로 콕 집어서 입안에 가져가 씹자 아삭거리며 상큼하게 입안에 감돈다. 돈까스의 느끼한 맛을 잡아준다 할 수 있었다.

거기에 더해져 샐러드 바로 옆쪽에 아무런 소스도 없이 있는 옥수수 콘. 통조림 옥수수지만, 수저가 가득 찰 정도로 크게 퍼서 입안에 가져가면 달콤하면서도 고소한 맛을 느낄 수 있다.

돈까스 한 접시는 평범해 보이지만 전부 제각각의 맡은 바 임무에 충실한 녀석들이다. 민혁은 돈까스를 먹으면서 진심으로 행복한 미소를 지어 보였다.

곧 순식간에 뚝딱 하고 돈까스를 비워냈다.

"소스 한 방울 남기지 않았네⋯⋯. 설거지할 일은 없겠다."

"헤⋯⋯."

랜이 말했다.

"자네."

"네, 스승님!"

"남은 돈까스는 자네가 튀겨서 병사들에게 배식하지. 지금 반 정도 끝났지?"

"네, 그렇습니다."

브락이 대답했다.

"그래, 자네가 직접 한 번 튀겨서 보여줘 봐."

　루니는 척 보기에도 아름다운 여성이었다. 그녀는 토벌대에 참가한 유저들과, NPC들 사이에 껴서 휴식을 취하고 있었다. 방금 막 보르디 평지로 향하던 토벌대가 고블린들에게 습격을 받아 녀석들을 처리한 직후다. 때문에 꽤 늦은 저녁을 먹어야 할 밤이었다.

　그녀는 요새 한 남성에게 관심을 가지고 있었다.

　'저 남자, 요리사가 분명해.'

　이번 토벌대에는 아주 인기가 많은 남성 유저가 있었다. 그는 키도 185㎝ 정도로 커다랬고 얼굴도 아주 잘생긴 데다가 싹싹하고 친절하지만 항상 무언가를 우물거리는 유저다. 모든 유저가 하나같이 저 사람은 요리사일 거라고 생각했다.

　루니는 친구 중 한 명이 요리사 직업을 선택했다가 결국 삭제하고 다시 키우고 있어서 요리사로 추정되는 그가 신경 쓰였다.

　'요리사는 레벨이 오를수록 힘들어지는데……'

　그런 생각을 하면서도 그녀는 고개를 저었다.

　'내가 왜 남 걱정을?'

　하지만 그러다가도 그를 보고 있노라면 희한하게도 마음이 평온해진다.

'평온함 스텟이라도 가진 거야, 뭐야?'

그런 생각을 하던 중 그 남성이 배식 통을 들고 나타났다.

"여러부운, 식사하세요! 오늘은 이 민혁이가 특별히 직접 요리한 돈까스입니다!"

"오오, 자네가 돈까스를 만들었다고?"

"검댕이를 만든 거 아니고?"

"우씨, 아닙니다. 먹고 놀라지나 마십시요!"

그는 '헹!'하는 표정으로 기세등등했다.

곧 배식이 시작되었다. 그리고 루니는 그 배식 줄에 섰다.

'혹시 잘 모르는 걸까?'

그럴 수도 있다. 유저 중 정확한 정보 없이 직업을 선택하는 경우도 흔했다. 아니, 꽤 많은 편일 것이다.

어느덧 그녀의 차례가 되었다.

"맛있게 드세요!"

"아, 네!"

민혁의 얼굴을 보곤 볼이 화끈해졌다. 이 남자, 가까이서 보면 정말 잘생겼다. 그리고 사람 좋은 웃음.

'그래, 말해주자.'

그를 돕는다 생각한다, 차라리 저렙일 때 삭제하고 다시 키우는 게 나으니까.

물론 그러면서도 루니는 한편으로 조금의 '그에 대한 관심'도 품고 있었다. 어쩌면 '도움'은 핑계였다.

"저, 저기요."

"예?"

"……요리사 레벨 높아질수록 키우기 더 힘들어요."

"아, 네."

그에 고개를 끄덕인 사내는 태연하게 싱긋 웃었다.

"그, 그리고 여기 NPC들하고 친해져도 사실상 병사들한테 별다른 거 못 받을 텐데……."

"아니던데."

사내는 피식 웃었지만, 여전히 루니에게 큰 관심이 없어 보였다.

"제가 오지랖 떠는 걸 수도 있지만……."

"아, 걱정해 주신 건 감사합니다. 근데 괜찮아요. 맛있는 거 먹고 싶어서 하는 거라."

"……에?"

"맛있는 거 먹고 싶어서요. 저기 뒤에 분들이 님을 죽일 것처럼 노려보는데……."

"아!"

그제야 따가운 시선을 느낀 그녀가 서둘러 몸을 뺐다.

'칫…… 내겐 관심이 하나도 없네.'

그러다가 자신이 받아온 돈까스를 바라봤다. 노릇노릇 잘 튀겨진 돈까스. 그녀는 근처에 자리를 잡고 앉았다.

'단순히 맛있는 게 먹고 싶어서 한다고? 그게 말이 되나? 그

냥 싫으면 싫다고 하지.'

그렇게 생각하면서 그녀는 돈까스를 썰었다. 그다음 입에 가져갔다.

'어?'

그녀는 고개를 갸웃했다. 다시 한번 입으로 가져가 봤다.

"마, 맛있어……!"

감탄이 절로 흘러나왔다. 현실에서 한 번도 먹어본 적이 없는 돈까스의 맛이었다. 이 정도라면 장사해도 정말 대박이 날 것 같다.

'고기가 꽤 두꺼운 편인 것 같은데, 어떻게 이렇게 잘 익혔지? 거기에 튀김은 막 나온 것처럼 바삭해.'

그 바삭함의 비결이 민혁의 보관도 효과라는 걸 그녀가 알 리 없었다. 놀라움은 거기서 끝나지 않았다.

[돈까스를 먹었습니다.]
[5시간 동안 공격력 3%, 방어력 3%가 상승합니다.]

그녀는 고개를 갸웃했다.

'뭐지? 초보가 아니신가?'

요리사의 버프 능력. 얼핏 들어보았다. 한데, 그녀가 들었던 초급 요리 스킬보다는 훨씬 뛰어난 것 같다.

'이런 걸 하루에 한 개에서 두 개 만든다고 했던가?'

그녀는 친구의 말을 떠올리다가 들려오는 소리에 멈췄다.

"어……?"

"헉!"

"야, 야, 대박이야!"

사방에서 들려오기 시작했다, 돈까스를 먹은 유저들의 경악 어린 목소리가.

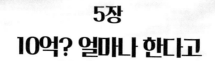

5장
10억? 얼마나 한다고

거기서 끝이 아니었다. 토벌대장 발드도 신병이 튀겼다기에 먹어봤다가 경악한 목소리를 토해냈다.

"아, 아니 이럴 수가!"

이어서 병사들.

"어, 뭐야!"

"엄청 맛있잖아!"

"내 살다 살다 이렇게 맛있는 돈까스는 처음인데? 그것뿐만이 아니야. 느, 능력이 상승했어!"

병사들도 실제로 유저들처럼 능력치가 상승하고 레벨의 개념이 존재한다.

'이게……'

얼추 잡아서 서른 명 이상. 그 이상의 숫자가 자신과 같은 반응을 보이고 있다.

'초급 요리사라고?'

그녀는 의아함을 감추지 못했다. 지금 이 반응을 본다면 자신의 친구가 말했던 천대받는 요리사라는 직업이 맞는 것인지 의문이었다.

'사제도 이렇게 다수의 버프는 걸지 못해……'

하지만 그것은 본인이 모르기 때문이기에 이 상황에 이해 못 하는 것일지도 모른다고 생각이 들었다.

'아, 맞다. 길드에 있는 라벨 님이 국내에 몇 없는 상급 요리사셨지?'

100명 정도밖에 없다는 상급 요리사. 라벨이라는 요리사가 해준 요리는 최고라는 말을 자주 들었다. 거기에 그가 요리에 담는 버프 능력은 꽤 대단하다고. 물론 비슷한 등급의 사제에 비할 바는 아니지만 말이다.

[길드 채팅 루니: 라벨 님~ 계신가요~?]

[길드 채팅 라벨: 오, 루니 님 ㅎㅇ요.]

[길드 채팅 루니: 아, ㅎㅇ요. 다름이 아니라 물어볼 게 있어서 그러는데요?]

[길드 채팅 라벨: 넵, 뭐든 물어보셔요.]

[길드 채팅 루니: 제가 지금 고블린 토벌대에서 요리사 유저가 해준 돈까스를 먹고 있는데, 버프 능력이 있어서요.]

[길드 채팅 라벨: ……? 잘못 아신 거 아니세요? 고블린 토벌대에 참가할 유저면 아직 요리에 버프 능력이 첨가될 수가 없어요.]

[길드 채팅 루니: 근데 정말인데…….]

[길드 채팅 라벨: 요리 버프는 중급부터 발휘돼요. 그리고 중급 요리사 평균 레벨은 약 80~100사이고요.]

[길드 채팅 루니: 근데 진짜로 버프 능력이 올랐어요.]

[길드 채팅 라벨: 그럼 혹시 버프창 찍어서 보내주실 수 있어요?]

[길드 채팅 루니: 넵, 잠시만요.]

버프를 받으면 유저의 시야에서 우측 상단 위로 어떠한 버프를 받았는지 모양이 뜬다. 현재 그녀의 우측 상단에는 포크와 나이프가 교차된 반투명한 창이 떠 있었다.

'사람 말을 못 믿어.'

그녀는 의아했다. 이게 이렇게 못 믿을 일인가 싶었던 것이다. 요리사가 아닌, 그녀였기에 잘 모르는 것이었다.

그녀는 자신의 상태창을 클릭했다. 그리고 옆에 뜬 추가 효과들이 잘 보이게 한 후에 스크린 샷을 찍어서 길드 채팅에 전송했다.

[길드 채팅 루니: (사진)]

[길드 채팅 라벨: 이, 이거 합성 아니에요?]

[길드 채팅 루니: 아니에욧!]

루니는 답답해졌다.

'사람 좋다더니, 의심 쩌네!'

하지만 곧이어 길드 채팅창이 길드원들의 글로 폭주하기 시작했다.

[길드 마스터 알렌: 루니야, 이거 뭐야! 이게 초보 요리사 요리라고? 요리 확인창 찍어서 스크린 샷 띄워봐!]

루니가 속한 길드는 바레스 길드. 평균 레벨 150~200의 유저들이 모인 중위권 길드였다. 초보인 그녀가 들 수 있었던 건 길마인 알렌과 현실 친구였기 때문.

[길드 채팅 내가잘침: 헐, 말도 안 돼! 초보 요리사 버프 능력이 저렇게 쩐다고?]

[길드 채팅 콩이야뽀뽀: 저 지금 지림여……. 저거 합성 아니죠? 와, 저희 콩이도 놀랄 수준인데.]

도배되는 채팅창을 보며 루니가 요리를 확인해서 찍어서 올렸다. 돈까스는 다름 아닌 노멀이었다. 그리고 이어.

[길드 채팅 라벨: 거기 어디 마을 토벌대예요?]

라벨이 물어왔다.

◉

라벨. 현실에선 신라호텔 주방에서 일하고 있는 수현이었다. 그는 요리사들을 위한 휴게실에서 자신도 모르게 덜덜 떨리는 손으로 휴대폰을 떨어뜨리고 말았다.

그는 휴대폰으로 아테네의 길드창으로 대화 중이었다.

"……수전증이냐? 왜 그렇게 떨어?"

"야야, 이거 봐봐."

"?"

"아테네 고블린 토벌대에서 나온 요리란다. 그것도 30명 이상 버프 걸었대."

"뭔 헛소리야? 요리로 30명 버프 건다고? 그것도 고블린 토벌대면 15~20레벨 제한이잖아."

아테네를 하는 주방장들이 몰려들었다.

곧이어.

"억?"

"야, 씹…… 이거 뭐야!"

"야, 재료 E급이야! 재료 E급이라고! E급으로 이런 버프라고! 그것도 요리 버프량 줄여서!"

아테네에서 요리사 한 번쯤은 해봤다가 삭제했다는 그들도 놀랄 수밖에 없었다. 그들이 가장 놀라는 건 바로 이 부분이다. 요리 재료가 E급이라는 것. 상급 요리사도 E급의 재료로 끽해야 매직, 엄청 잘 나와야 레어다.

요리할 땐 재료가 매우 중요했다. 레어에서 유니크를 띄우려면 보통 B~A급 재료가 필요한데, 예를 들어 스테이크를 하기 위해선 드넓은 초원에서 좋은 것만 먹고 산 자유로운 소의 질 좋은 고기가 필요하다. 그리고 마늘과 양파는 루네스 땅이라는 땅에서 자라난 것들만 사용해야 하는데, 이 재료들은 많이 수확할 수도 없으며 비싸다.

한데, 지금 E급 재료로 어지간한 매직에 버금가는 버프가 나왔다. 그 말은 즉.

"버프량 높이면 완전 사기다!"

이건 불가능하다. 그리고 이어서.

"왜 이렇게 소란스러워!"

거친 고성과 함께 한 남자가 걸어왔다. 훤칠한 키, 조각같이 깎아 만든 듯 잘생긴 얼굴. 그러면서도 앞치마가 잘 어울리는 남자가 카리스마 있는 모습으로 다가오고 있었다.

그는 세계의 최고의 요리사인 알렉스가 키워낸 유일한 제자. 바로 김석현이었다.

세계 요리 그랑프리 대회 3년 연속 1위. 세계인이 선정한 10인의 요리사 중 한 명이었으며 절대 미각을 가진 천재 요리사라고 불린다. 그런 그가 국내의 신라호텔에 있는 이유는 이젠 조국의 음식인 한식으로 최고가 되기 위함이었다.

"주, 주방장님. 주방장님도 아테네 하시지 않습니까?"

"아테네? 지금 게임 이야기하면서 노가리 까고 있던 건가?"

김석현이 눈살을 찌푸렸다.

아테네의 국내 유저 중 유일하게 달인에 오른 요리사. 그가 바로 황혼의 요리사 블랙이었다.

"도대체 뭐길래, 이렇게 호들갑……."

그는 수현이 보여주는 휴대폰 속 사진을 보며 휴대폰을 자신의 눈앞으로 끌어왔다.

"뭐, 뭐지? 이거 달인급 요리사인가?"

요리는 돈까스, 재료 등급은 E다. 그리고 노멀. 하지만 곧 수현이 말했다.

"달인급 요리사인지는 모르겠지만 추정 레벨은 15~20이랍니다. 그리고 서른 명 이상한테 이런 버프를 주었답니다."

"뭐?"

그는 믿을 수 없다는 표정이었다. 그건 정말이지 말도 안 되는 이야기이다. 하지만 눈앞에 현실이 있었다.

김석현은 아테네 게임 초반에 요리사로 플레이하면서 무수히 많은 요리사 NPC들을 깨고 다녔다. 그리고 사람들을 요리로 놀라게 했고 그로 인해서 다양한 명성을 계속해서 중첩적으로 쌓아왔다. 그 때문에 자연스럽게 남들보다 특별한 요리도 많이 만들었다.

하지만 그런 그도 레벨이 70이 되어 중급 요리사가 되었을 때 버프량을 높게 채워 최고의 재료로 저것보다 좀 더 나은 버프가 나왔다.

그런데 지금 버프량이 적은 요리로 말도 안 되는 버프가 나타났다, 그것도 E급 재료로. 또한, 주목해야 할 것은 스텟이 절대값이 아니라 퍼센트로 상승했다는 점이다. 퍼센트라면 요리를 먹는 이의 레벨이 높을수록 그 효과는 극대화되지 않던가.

'혹시 대령 숙수의 제자는 아니겠지.'

김석현을 제하고 존재하는 또 다른 국내의 최고의 요리사 중 한 명. 그가 아테네를 하는지는 모르지만, 혹시 모른다.

"여기 어디지?"

"이스빈 마을이랍니다."

"……!"

그 말에 갑자기 김석현은 불안감이 솟아올랐다.

황혼의 요리사 블랙. 그는 현재 연계 퀘스트를 진행 중이었다. 그리고 보상 목록에는 이게 있었다.

'에픽 아티팩트 지급.'

아직 에픽 아티팩트는 많은 물량이 풀리지 않았다. 국내에는 끽해야 스무 개가 다일 것이다. 그리고 김석현은 자신이 그 아티팩트를 얻으면 장인까지 올라갈 수 있지 않을까 기대하고 있었다.

"이스빈 마을 어디?"

"고블린 토벌대라는데요."

불길함이 싸아- 하고 목덜미를 덮는다. 그리고.

'이 사람을 섭외한다면……'

실력이 아무리 좋아도 결국 초보 레벨. 거기에 보관도와 유지 시간을 보자면 이게 가능해진다.

'요리를 대량으로 구매해서 혼자 사냥하는 유저들이 며칠 분량을 구매해서 사냥터로 갈 수 있다.'

그리고 만약 저 유저의 요리 재료가 모두 A급이 된다면?

'말도 안 되는 버프 효과를 얻을 수 있을 거다. 그리고 가장 중요한 점은 고렙들을 겨냥하기 쉽다는 거지, 골드가 많은 그들은 비싼 값을 주고서라도 보관 기간이 긴 그 요리를 사 먹을 거야.'

요리 버프로 조금이라도 더 강해진다면 깨지 못했던 한계에 도전할 수 있다. 그 때문에 엄청난 값에 판매될 터.

거기에 아테네가 가지는 입지는 대단하다. 저 유저만의 엄청난 요리는 그만의 힘을 가지게 되고 브랜드 이미지를 쌓는 데 도움이 될 거다.

"이거 어떻게 안 거지?"

"같은 길드의 한 여성 유저가 보내줬습니다."

"그래? 그럼 부탁 하나 하자."

"네?"

"내가 하는 말 좀 전해달라고 해."

루니는 길드 채팅창이 뒤집힌 것을 볼 수 있었다.
'이, 이게 이렇게 대단한 거였어?'
그런 생각을 하던 때. 라벨에게 귓속말이 날아왔다.

[라벨: 루니 님.]
[루니: 네?]
[라벨: 혹시 제 말 좀 그 유저한테 전해주실 수 있나요?]
[루니: 어…… 잠시만요.]

루니가 홱하고 고개를 돌렸다. 배식을 끝낸 그는 남아 있는
돈까스를 보며 군침을 삼키고 있었다.

[루니: 어떤 말이요?]
[라벨: 요리사 김석현 씨 알죠? 그분께서 몸값 10억 원으로 자신과
계약할 생각이 없냐고 제안해 달랍니다.]

"……에?"
그녀는 고개를 갸웃했다.

'무슨 말도 안 되는 소리야?'

몸값 10억이라? 버프 요리 하나 때문에? 더군다나 요리사 김석현이라면 세계적으로도 유명한 요리사 아니던가.

[루니: 라벨 님이 김석현 씨를 실제로 아세요?]

[라벨: (사진)]

곧이어 라벨이 보내온 것은 현실 속 그의 사진이었다. 명찰에는 '신라호텔'이라는 이름 네 글자가 적혀 있었다. 그 옆으로 함께 사진을 찍은 사람. 정말 김석현이었다.

'어?'

그녀는 이제야 믿을 수 있었다. 거짓말이 아니다. 진짜로 김석현이 이런 제안을 한 것이다.

라벨이 유명한 호텔의 요리사라는 말은 들었다. 하지만 그가 정확히 어디의 요리사인지는 밝히지 않았던 것.

'지, 진짜잖아?'

[루니: 저, 정말로 10억을 몸값으로 불러요?]

[라벨: 예, 김석현 씨께서 자신의 길드인 루베르트에 들면 10억을 약속한다고요. 그리고 대신 조건이 이번에 보여준 버프 능력이 사실이라는 증명과 추가적인 계약서 작성이라고 하네요.]

[루니: 알겠어요!]

루니는 몸이 덜덜 떨렸다.

10억. 남들은 평생을 가도 모으지 못하는 아주아주 큰돈이다. 그 돈을 김석현이 저 사내에게 제시했다. 그것도 아직 저렙인데!

그의 머릿속은 모르겠지만, 확실한 건, 저 남자가 자신의 생각보다도 훨씬 값어치 있다는 거다.

'어쩌면…… 이번 기회로?'

그녀가 서둘러 그에게 다가갔다.

"님님!"

"와구?"

민혁이 의아한 표정을 지었다. 그는 남은 돈까스를 먹고 있었다.

그녀가 다급한 어조로 말했다.

"요리사 김석현이라고 알아요?"

그는 슬쩍 고개를 들더니 도리질 치고 돈까스에 시선을 집중했다. 루니가 흥분해서 말했다.

"그분께서 당신 몸값으로 10억을 지급하신대요. 대신에 루베르트에 들어오면요. 루베르트 아시죠? 세계적으로도 인정받는 브랜드이지만 아테네 길드에서도 엄청난 명성을 자랑하는 곳이요!"

와구와구-

밥먹고 레벨업 2

하지만 사내는 그 말에 관심을 갖지 않았다.

그 모습에 루니는 생각했다.

'아…… 너무 현실성이 없어서 그렇구나?'

그녀가 곧이어 귓속말을 이용했다.

이름을 알고 토벌대를 함께했다면 코드를 몰라도 귓속말이 가능했다. 그녀는 귓속말로 라벨과의 대화와 김석현이 있던 사진을 캡처해서 보냈다.

"귓속말 확인해 봐요!"

"아, 너무 맛있다아."

"화, 확인했어요?"

"캬, 진짜 돈까스. 너 너무한다, 누가 이렇게 맛있으래? 응? 형한테 때찌때찌! 혼나야 해!"

사내는 그녀의 말은 관심도 없다는 듯 포크로 돈까스를 쿡쿡 찌르며 혼냈다.

그녀는 미간을 구겼다.

뭐야, 이 사람. 정말 관심이 1도 없다.

"저기요. 제 말 듣고 있어요?"

"크흐, 소스에 파인애플이랑 체리 같은 거 넣고 만들어도 짱인데……. 아, 이따가 해 먹어야지~"

결국, 참다못한 루니가 몸을 일으켜 그의 어깨에 손을 얹었다.

"아, 님아! 지금 김석현이 당신한테 10억 몸값을 제시……."

퍽!

그에 사내가 거칠게 그 손을 쳐냈다.

"아, 님! 아까 대답했잖아요. 난 맛있어서 한다고, 근데 왜 이렇게 귀찮게 해요!"

"아, 아니…… 10어……."

"뭐, 10억이 어쩌구저쩌구, 얼마 하지도 않는구만! 전 지금 돈까스 먹는 게 더 중요하다고요!"

현재 민혁이 현실에서 가진 개인 자산은 900억 이상이다.

"어, 얼마 안 한다니……. 그리고 김석현이 직접……."

"한 번만 더 건드리면 포크로 죽을 때까지 찌를 거예요!"

사내가 마치 포크를 무기로 쓰기 위해 집었다는 듯이 노려봤다. 정말로 그에게서 살기가 흘러나왔다.

수웅!

그가 그것을 휘휘 휘둘렀다.

"꺅, 죄송해요!"

그녀가 도망치듯 벗어나 라벨에게 귓속말을 했다.

[루니: 라벨 님……ㅠㅠ]

"와, 왔습니다. 답변!"

수현이 황급히 말했다.

김석현이 관심을 가지고 그의 앞에 척 섰다. 그의 입가에 미소가 감돌았다.

'10억. 그 정도면 눈이 안 돌아갈 사람이 어딨겠어. 하지만 난 당신의 그 가치로 100억 이상을 끌어오겠어. 또⋯⋯.'

경쟁자를 제거한다. 최고는 괜히 되는 게 아니다. 자신의 편으로 만들고 안 되면 밟는다. 그게 김석현이었다.

그리고 어쩌면 그 요리를 만들어낸 자를 자신의 수족으로 부릴 수 있을지도 모른다.

"그 제안에 대해서⋯⋯."

수현이 말끝을 흐렸다.

김석현은 입꼬리를 쭈욱 올리며 물었다.

"당연히 수락⋯⋯."

"거절했답니다."

"뭐?"

"⋯⋯지, 진짜?"

"헉!"

주변에서 놀란 소리가 흘러나왔다.

"무슨 소리야? 똑바로 말해봐."

"지금 여성 유저 말로는 김석현이 누군지도 잘 모르고 돈까스 먹는데 건드렸다고 죽을 때까지 포크로 찔러 버린다고 했다네요."

"⋯⋯?"

"그리고……"

수현이 그를 보며 말했다.

"10억 그까짓 거 얼마나 한다고. 자기는 지금 먹는 돈까스가 더 중요하다고 했답니다."

"……."

잠시 침묵이 지나갔다. 그리고 김석현은 생각했다.

'……튕긴다, 이거지? 지금 몸값을 더 올려 받겠다?'

말도 안 되는 이야기다. 10억보다 돈까스가 중요하다니? 그렇다면 그 의미는 간단하다. 이 남자는 자신의 가치를 알고 있다. 그래서 몸값을 올리려고 이런 말을 하는 거다. 즉, 자신에게 스리슬쩍 '그 정도 가치로는 날 살 수 없어. 조금 더 올려봐!' 하는 것.

'재밌네.'

그는 작은 웃음을 지었다.

아테네에 접속한 김석현은 이스빈 마을에 도착했다. 지금부터 고블린 토벌대를 쫓는다면 금방 따라잡으리라. 어차피 그의 목적지도 그곳이었으니까.

'그래, 튕긴다면 직접 만나서 더 높게 부르면 된다. 딜을 시작했다는 것 자체가 관심이 있다는 것.'

김석현. 그는 지금 김칫국을 항아리째 들고 원샷 중이었다.

토벌대는 계속 나아갔다. 이제 곧 있으면 보르디 평지에 도착하고 본격적인 토벌을 시작할 거다.

민혁은 늦은 시각 설거지를 하고 있었다. 그러다 며칠 전 일을 떠올렸다.

'김석현……'

물론 안다. 민혁도 세상 돌아가는 물정은 알고 있다. 국내 최고의 요리사 알렉스의 제자인데, 모를 리가 있겠는가.

하지만 민혁은 그의 제안에 쐐기를 박았다.

'돈부터 불러?'

화가 났다. 돈까스에 정신이 팔려 있긴 했지만, 귓가에 돈에 관한 이야기는 계속 들렸다.

'식신의 요리. 그게 탐나서 돈을 불렀겠지.'

민혁은 아버지께 이렇게 배웠다.

'그 사람에게 뭔가를 얻고 싶다면 절대 돈부터 제시하지 마라.'

그전에 자신의 됨됨이를 보여주라고 하셨다.

'저는 당신과 믿고 거래할 사업 파트너입니다.'

이것이다. 그래서 민혁은 다소 어처구니없었다.

'어딜 돈으로 사려고 해? 그리고 내가 돈까스 님을 영접하시는데 말이야.'

그리고 정말 돈까스 먹는데 돈 이야기를 해서 화가 난 부분도 있긴 했다. 민혁은 그 일은 빠르게 접어두었다. 신경 쓸 가치도 없다.

"친밀도가 진짜 많이 올랐어."

이젠 민혁을 못 미더워하던 몇몇 NPC들도 그에게 호의적인 모습을 보였다. 친밀도 상승 알림은 정말 계속 들려왔다.

그리고 그들은 자신이 요리해 준 것의 버프 효과로 인해 토벌이 수월하게 진행되고 있었다. 지금 밖에서도 고블린 순찰병들과 싸우고 있는 건지 소리가 들린다. 하지만 조리병이 해야 할 일은 역시 내일의 끼니를 준비하는 것 아니겠는가.

'내 요리를 먹고 누군가 기뻐하는 거…… 나쁘지 않네.'

그렇게 생각하지만 역시.

'그래도 내가 먹는 게 최고지. 후후후후후!'

바로 그때.

[보르디 평지 토벌대 기여도 40% 달성에 성공하셨습니다.]
[토벌대의 전사 칭호를 획득합니다.]
[명성 3을 획득합니다.]

"오……?"

민혁은 다소 놀랐다.

(토벌대의 전사)

유일 칭호

칭호 효과:

• 5대 스텟+3

스무 명이 참가했다. 그중에서 민혁 혼자 기여도 40%를 달성했다. 매우 놀라운 일이다.

민혁은 오로지 먹기만 하고 요리를 해줬을 뿐이다. 하지만 이 기여도가 오른 이유는 하나.

'버프 때문이다.'

병사들은 계속 자신 덕분에 사냥이 수월해졌다고 한다.

몇 퍼센트지만 총 70명이나 되는 병사의 힘이 증진하며 민혁은 토벌대 전체에 영향력을 끼치고 있었다.

'듣기론 일정 수치를 넘어서면 칭호가 변한다고 들었는데.'

이런 칭호를 진화 칭호라 부른다. 40%에서 추가로 20%를 올리면 더 좋은 칭호로 변화하는 거다. 물론 무조건 변화하는 건 아니다. 그런 게 있는 것도 없는 것도 있다.

"흠!"

그때 헛기침 소리가 들리며 랜이 들어왔다.

랜은 민혁을 볼 때마다 동질감을 느꼈다. 그러면서도 뿌듯하고 기뻤다. 그는 정말 말도 안 되는 성장을 이룩했다. 제자가 있다면 이런 느낌일까.

황궁에서도 수제자 한 명을 두지 않았다. 그는 엄한 요리사였고 '맛'을 극한으로 끌어올리기 위해 노력했다. 그리고 민혁은 다른 무엇보다 '맛'을 중요시한다.

이제 곧 민혁은 토벌대를 떠날 거다.

랜은 밤이 깊은 숙영지 인근에서 걷다가 취사 마차는 여전히 불이 켜진 걸 보고 들어왔다.

민혁. 그가 있었다.

랜은 자연스럽게 헛기침을 했다.

"흠!"

"오셨어요?"

"그래. 앉겠나. 좀 쉬지."

"넵!"

그러면서도 민혁은 딱딱한 빵과 우유를 가져왔다. 그것을 랜에게 권유했다.

"대장님도 드세요. 헤헤."

"응? 자네 말하고 눈빛하고 따로 노는데? 마치 손대면 내 손을 잡아챌 것 같아."

흠칫한 민혁은 어색하게 웃었다.

"아, 아닙니다!"

랜이 눈을 가늘게 떴다.

"식재료가 병사들 한 달은 먹을 양이 있었는데…… 순식간에 십 일치가 사라졌단 말이지."

흠칫!

하지만 곧 랜은 부드럽게 웃었다. 자신이 먹는 걸 허락했었고 또 토벌대에겐 꽤 넉넉한 식량이 지원되니까.

민혁도 그가 장난을 친 것을 알기에 작게 웃다가 문득 생각난 게 있었다.

"그러고 보면 랜 스승님은 뭘 드시는 걸 못 봤어요."

정말 한 번도 본 적이 없었다.

"보통 건강식으로 챙겨 먹으니까, 약 같은 거로 대신할 때도 있고."

"아…… 그래요? 전 스승님이 저처럼 맛을 추구하시는 분이신 줄 알았는데!"

"맛. 추구하지. 다른 이들이 먹는 맛을."

"……."

이런 사람도 있다는 생각이 민혁의 뇌리를 스친다.

그리고 랜은 천천히 입을 뗐다.

"난 태어나서 한번도 미각을 느껴본 적이 없거든."

"네?"

민혁은 그 말에 깜짝 놀랐다.

랜이 그 말을 한순간이었다. 랜에게 알림이 울렸다.

[아테네의 신이 당신에게 제재를 가합니다.]

[현재 다른 유저가 퀘스트를 진행 중이기에 다른 이에게 퀘스트를 줄 수 없습니다.]

'……빌어먹을!'

그에 랜은 입술을 깨물었다. 자신이 줄 수 있는 퀘스트를 민혁에게 주고 싶었다. 하지만 지금 누군가 진행 중이었다.

그는 자신이 그 '물건'을 줘야 한다면 꼭 민혁에게 주고 싶었다. 그런데, 아테네의 신이 제재를 가한다. 이 제제가 들어온 순간, 그는 퀘스트에 대해서 입도 뻥긋할 수가 없다.

"어디 편찮으십니까?"

"아닐세."

"근데…… 맛을 못 보시는데 어떻게 달인이 되신 건지……."

정말 놀라운 일이다.

그에 랜은 피식하고 웃었다.

"손재주."

"……?"

"손재주에 모든 걸 걸었거든."

"아……!"

민혁은 알 수 있었다. NPC들도 스텟의 개념이 없지 않다. 그말은 즉, 랜이 손재주만을 계속 올렸다는 거다.

'손재주 스텟을 20을 올리면 맛이 1 올라가지, 그리고 손재주의 영향으로 음식을 노련하게 만들 수 있을 테고. 하지만 맛도 안 보고 그 정도 경지에 오르려면······.'

도대체 얼마나 많은 손재주를 올려야 할까? 아니, 그게 가능이나 하다는 말인가?

"난 손재주를 올리기 위해 안 해본 게 없지, 대장장이, 화가, 목수, 광부, 낚시꾼에 이어서 모든 걸 했어."

"······!"

놀라운 이야기다. 그것도 자신의 입을 위해서 아닌, 남을 위해서 요리를 했다는 거다. 그리고 한편으론.

'아, 안타깝다······.'

분명 NPC일 뿐이다. 하지만 민혁은 누구보다 동질감을 가졌다. 맛이라는 게 얼마나 중요한지 그는 누구보다 더 잘 알았다. 방울토마토를 하루에 5천 개씩 먹다 보면 신물이 난다. 배에서 그만하라고, 먹지 말라고 한다. 화장실로 뛰어가 그것들을 게워낸 적도 한두 번이 아니었다.

인생에 있어서 의식주의 '식'은 꼭 필요한 부분. 거기에 맛을 느낀다는 것은 결코 적은 부분이 아니라는 거다.

"손재주를 얻기 위해 난 정말 할 수 있는 건 전부 했지. 그렇게 하나하나 하다 보니, 요리조차도 손재주에 의존해 높게 설 수 있었지."

민혁은 생각했다. 만약 그가 들인 노력만큼 미각을 가지고 있었다면 장인, 아니, 그 이상의 자리에 올라섰을지도 모른다.

"자네에게 음식이란 뭔가."

그 질문에 민혁은 잠시 곰곰이 생각해 보았다.

"매일매일 새로운 삶을 사는 거요."

"새로운 삶이라."

"하루에 세 끼를 먹죠. 평생이면 10만 끼 이상이에요. 하지만 세계에는 300만 개 이상의 요리가 존재하죠."

"그렇지."

"하루하루 다른 요리를 먹는다고 상상하는 것, 지루하게 반복되는 인생에 매일 새로운 걸 먹는 것은 힐링이죠. 물론 알고 먹는 맛도 좋지만요."

"그래."

랜은 빙긋 웃었다. 그리고 잠시 말없이 허공을 응시했다.

"나도…… 그 맛을 느껴보고 싶군."

"……"

민혁은 말이 없었다.

랜은 몸을 일으켰다.

"쉬게."

"예."

랜은 나가면서 생각했다. 이런 사람에게, 퀘스트를 주지 못하는 게 정말 큰 한이라고. 이 사람이 그걸 얻어야 할 진짜 주인이라고.

그가 밖으로 나섰다.

"음······."

민혁은 자신보다 더한 삶을 살아온 랜을 생각하며 잠시 말이 없었다. 그러면서도 빵을 입에 넣고 우물거렸다.

'미각이 없다는 건 어떤 느낌일까.'

만약 고구마를 먹으면 입안에서 지우개를 씹는 느낌일까?

그럴지도 모른다.

'혹시 이거······.'

퀘스트로 가는 길일까?

충분히 가능하다. 미각 없는 요리사. 하지만 어째서 퀘스트를 주지 않고 랜은 돌아섰을까.

그건 모른다. 하지만 랜은 자신에게 요리를 가르쳐 준 사람이다. 그 때문에 도와주고 싶었다.

그러다 뭔가 생각났다.

'아······ 혹시!'

그의 머릿속에서 떠오른 것. 그것은 다름 아닌 스킬 중 하나인 재료추적 스킬이었다.

'내가 원하는 요리의 능력, 요리 종류를 선택할 수 있어!'

사실 실험해 볼 필요가 있다고 계속 생각하던 재료추적 스킬이다. 이번 기회에 실험해 보자.

"재료추적 스킬을 1회 사용한다."

그와 함께 앞으로 홀로그램 창이 떠올랐다.

그 앞으로 요리의 종류가 떠오른다. 한식, 양식, 일식, 중식 등등.

"음…… 중식."

민혁은 태양의 밀을 얻는다고 했을 때 먼저 떠오른 게 바로 중식이었다.

[중식이 선택됩니다.]
[원하는 버프 효과가 있으십니까?]

"죽은 미각을 살린다."

[반경 1㎞ 내에서 재료를 탐색 중입니다.]

민혁은 간절히 바랐다.

단순히 랜만을 위해서는 아니다. 느낌이 왔다. 손재주를 언급한 그. 무언가 숨겨져 있는 게 분명하다. 민혁도 손재주를 올려 요리에 대한 맛을 더 살리겠다는 거대한 야망을 품고 있었으니까.

곧 알림이 들렸다.

[탐색에 실패합니다.]
[탐색은 3일 동안 유저의 이동에 따라 범위가 변경되어 지속

됩니다.]

모니터를 보던 이민화와 박 팀장. 둘이 눈을 맞췄다.

"역시네요······."

이민화가 중얼거렸다. 박 팀장도 작은 안도의 한숨을 쉴 수밖에 없었다.

"민혁 유저는 먹는 게 맛있어진다면 뭐든 할 수 있는 사람이지."

그래서 문제였다. 랜의 아티팩트는 그런 사람에겐 정말 엄청난 힘을 가져다줄 거다. 사실상 황혼의 요리사는 그 힘을 통해서 한 단계 더 발전할 수 있을 테니까. 장인 이상으로 말이다.

"오크 부락지 자체가 현재 1㎞ 이상 떨어져 있어서······."

박 팀장이 우려했던 건 바로 재료추적 스킬이다. 그리고 랜이 민혁에게 '미각' 이야기를 꺼낸 것부터가 이미 친밀도가 엄청나게 높다는 의미다. 랜은 애초에 이방인을 무척 싫어하는 NPC로 설정되어 있으니까.

"예상대로 그건 황혼의 요리사 블랙이 가져가겠군."

그런 생각을 할 때 이민화가 말했다.

"정말 말도 안 되지만 변수가 생길 일은 없겠죠?"

"없어. 보르디 평지에 도착해도 오크 부락지와 1㎞ 이상 떨어져 있으니까, 일부러 민혁 유저가 찾아가는 게 아니면 불가능해."

"역시 그렇군요."

그러다 문득 이민화는 이런 생각이 들었다.

'누군가 오크들을 일부러 끌고 오면?'

하지만 곧이어 너무나 터무니없다는 걸 깨달았다.

'너무 아쉬워서 그런가.'

그녀는 저 유저가 승승장구하는 모습을 보고 싶었다. 그것
은 마치 야구에서 자신이 응원하는 팀이 꼭 승리했으면 하는
바람과도 비슷했다.

'휴……'

그녀가 들리지 않을 한숨을 속으로 내쉬었다.

알림을 들은 민혁은 허탈할 수밖에 없었다.

"허……."

역시 이건 말이 안 되는 거였을까? 아니면 퀘스트와 연관이
있던 게 아닌 걸까.

랜이 주는 보상이라면 왠지 맛있는 요리와 관련이 있을 것
같은 느낌도 팍하고 왔었다. 아니면 손재주에 특화된 그였기
에 손재주 관련한 보상을 줄 수 있을지 모른다는 생각도 했다.
하지만 괜한 기대였나 보다. 주변에 미각을 살리는 요리 재료

따위는 없었다.

'어쩔 수 없지.'

그는 작은 한숨을 쉬었다. 그러면서도 남아 있는 설거지들을 정리하기 시작했다.

늦은 시각. 벨로와 커넥션 길드의 길드원들은 이야기를 나누고 있었다.

"벨로, 어쩌지? 그 요리사 새끼가 지금 기여도 1위라고. 그것도 엄청나게 높아!"

이대로라면 자신들이 얻어온 히든 던전에 대한 보상이 저 요리사에게 돌아가고야 만다. 그것만은 안 된다.

이 과정을 위해서 소요한 시간이 결코 적지 않았다. 또 그 히든 던전 안에 무엇이 있을지도 모르는 노릇 아니겠는가?

"도대체 어떻게 저 쪼렙 자식이…… 후…… 이건 답이 없다. 못 얻어, 우리가 아무리 몰아주기를 해도 혼자서 40%는 불가능이라고."

그들은 이미 벨로에게 기여도 몰아주기를 하고 있었다. 보르디 평지에 향하면서 계속해서 고블린들과 전투할 때 일부러 고블린들을 잡아다 벨로 앞에 모아놓고 죽이게 한 거다. 그러면 벨로에게 기여도가 집중될 수밖에 없다.

"후…… 짜증 나네. 저딴 현실 찌질이 같은 놈한테, 저놈 현실에서 돼지가 분명해."

벨로가 욕을 지껄였다.

그의 말에 모두가 입을 꾹 다물었다. 사실 벨로의 부모님은 현실에서 꽤 부자였고 그의 길드원들이자 친구들이 순순히 그를 도와주는 이유는 그가 친구들의 '지갑'이었기 때문이다. 그는 꽤 돈 많은 부잣집 아들이었다. 부모님의 재산이 30억이 넘는다.

"그래도 이건 어쩔 수 없네…… 호, 혹시 우리 약속했던 돈도……."

길드원 한 명이 중얼거렸다. 벨로는 이번 일을 무사히 끝내면 인당 40만 원씩 주기로 했다.

벨로가 그를 돌아봤다.

"방법이 왜 없어?"

"응?"

"저 새끼, 요리사잖아."

"요리사인데, 그게 왜?"

"요리사라고. 끽해야 15레벨 쪼렙."

요리사 하면 떠오르는 것들. 망캐, 허접, 약한 클래스.

"……혹시 PK 하자고?"

그에 벨로가 씨익 하고 웃었다.

"어, 그리고 너희 모르냐?"

"뭘?"

"저 유저가 입고 있는 가죽 갑옷하고 검. 저거 레어 중에서도 특별한 것 같아. 저 중에 하나만 떨궈줘도 너희들 계정비는 훨씬 뽑고도 남는다. 그리고 나 이거 실패하면 너네한테 약속했던 40 안 줘."

벨로의 말에 그들은 생각했다.

'우리가 그거 때문에 현실에서 이틀 넘게 뻘짓했는데……'

'와…… 너무하네……'

그들이 미간을 구겼다.

"저놈 잡는 놈한테 100 준다. 저 새끼 웃고 다니는 낯짝 마음에도 안 들었어. NPC들한테 아부나 떨어대고."

"100?"

"헐?"

그 말에 그들이 화색을 띠었다.

"그리고 떨어진 건 그 사람 거."

"캬……"

100만 원이면 어지간한 사람들이 10일간 일해야 버는 돈. 아니 사실 그마저도 못 버는 사람도 많지 않던가. 분명히 혹한다.

"누가 할래?"

"나! 나! 나!"

"아, 나야!"

"진정해. 어차피 저놈 쪼렙이라 한 대만 쳐도 뒈질 듯."

벨로는 그 생각을 하며 낄낄 웃었다.

그러던 중, 한 명이 얼굴을 구겼다.

"아씨…… × 됐다……."

"왜?"

"엄마가 지금 접속 해제 안 하면 집에서 쫓아낸대."

아테네 캡슐에는 호출 버튼이 존재한다. 그 호출 버튼을 누르면 게임 바깥쪽 사람의 목소리가 유저의 귀에 들려 통화를 할 수 있다.

"그럼 넌 빠져."

"아오씨, 아, 진짜. 내가 젤 하고 싶었는데."

그렇게 말하며 유저 한 명이 로그아웃했다. 남은 건 넷.

"야, 아니다."

곧 벨로가 씨익 웃었다.

"그냥 다구리 까자."

그가 짙게 웃었다.

"근데 저 사람 PK 하면 우리 토벌대 쫓겨날 것 같은데……."

"맞아, NPC들이 우릴 죽일지도 몰라."

그냥 죽이기엔 그 유저와 NPC들 간의 친밀도가 높아도 너무 높았다. 그 때문에 소리 소문 없이 죽여야 했다.

일단 그를 아무도 모르게 죽여 버리면 습격한 고블린한테 죽었다던가 혹은 로그아웃해서 접속하지 않는다 등의 이야기가 나올 테니까.

"그건 걱정 마."

벨로가 이죽 하고 웃었다.

"곧 있으면 저 녀석 알아서 으슥한 곳으로 갈 테니까."

"응? 제 발로?"

벨로는 고개를 끄덕였다.

"웃차!"

민혁은 고무 통에 들어 있는 음식물 쓰레기, 즉 짬을 옮겼다. 이제 이것만 옮기고 로그아웃할 생각이었다.

짬 통을 든 그는 곧 수레에 담아서 그걸 한적한 곳으로 가져가기 시작했다.

랜은 짬 통을 항상 숙영지와 조금 떨어진 곳에 버렸다. 그 이유는 두 가지가 있다.

하나는 냄새가 심각하게 나서, 두 번째는 야생 동물과 같은 녀석들이 이 음식물 쓰레기를 먹기 때문이다. 음식물 쓰레기를 버리지 않고 보관해서 취사 마차에 놓으면 결국 음식 쓰레기 냄새가 차게 된다. 그전에 근처의 숲에 내다 버리면 누이 좋고 매부 좋은 일 아니겠는가.

숲 입구에 들어온 민혁은 짬 통을 엎었다. 어차피 이 근방에 나타날 몬스터라고 해봤자 고블린과 같은 녀석들뿐이다. 녀석들이 냄새를 맡고 와도 어렵지 않다.

오히려 짬 통 냄새가 미끼 역할을 하는 것일 수도?

우스꽝스러운 생각을 하며 몸을 돌렸다.

그때 민혁의 앞을 네 사람이 막아섰다.

'이 사람들……'

민혁은 눈을 가늘게 떴다.

벨로와 그 무리들. 평소 민혁은 그들을 좋게 보지 않았다. 그들의 본성이 행실에서 역력히 드러났기 때문이다. 그들은 다른 유저들을 보고 시비를 걸듯 이런 말을 자주 했다.

'와, 초보자들 얼 타는 거 보쇼.'

자신들도 초보자이면서 그런 말을 하는 이유는 몰랐지만, 초보 토벌대에 무리를 이루고 참가하는 경우는 드물다. 때문에 유저들은 혹여 해코지를 당할까 봐 그저 무시하고 자리를 피했다.

그리고 시도 때도 없이 NPC들을 욕하곤 했다.

'와, 병사들 짬 내 오지고요, 지리고요~'

'쟤네 아테네에 망하면 다 뒈지는 거 아님?'

'어차피 인공지능이잖아.'

민혁은 아테네라는 세상은 게임인 한편, 사람을 가려내는 하나의 도구일지도 모른다고 생각한다. 현실에는 가면을 쓴

자들이 상당히 많다. 일부러 웃고, 가식적으로 굴고, 뒤에서는 욕하고.

그런 자들이 아테네를 한다면?

'본성이 나오지.'

아테네에서 이런 행동을 하는 자들이 사실상 현실에서 제대로 된 자들일 리는 없다. 하지만 아직 자신에게 해코지한 적은 없기에 민혁은 의아한 표정을 지었다.

"무슨 일이죠?"

그러면서도 그는 자신의 허리춤의 검을 확인했다.

랜은 항상 말했다.

'우리는 조리병이라 최고의 식사를 내는 것도 중요하지만 정말만에 하나의 경우에는 우리도 무기를 들고 싸워야 할 때가 있지. 그래서 무기는 항상 소지한다.'

실제 현역 군인 조리병들도 훈련 중에는 요리를 하면서 총을 소지한다. 그것과 같은 이치다.

"뭐 좀 물어보고 싶은 게 있어서요."

가장 앞에 선 벨로라는 유저가 입을 뗐다.

"어떤 거요?"

"아, 그냥 님 NPC들하고 친하게 지내시길래, 어떻게 그렇게 친해지는지 비결이 궁금해서요."

그렇게 말하면서 벨로와 그 일행은 준비를 했다.

가장 먼저 마법사인 브론이 사일런스 마법을 건다. 사일런스 마법은 상대방의 말을 제한하는데, 보통은 적 마법사의 주문을 막기 위한 마법이다. 본래 40레벨인 브론은 2클래스 마법을 익히고 있었다.

물론 스텟이 20레벨에 맞추어 하향되었고, 본래 2클래스는 40레벨 이상부터 익힐 수 있어 사일런스의 제한이 더 컸지만, 걱정 없다.

'요리사 새끼가 지혜나 지력을 올렸을 리는 없지. 또 사일런스를 무효화시키려면 마방을 올려주는 명성이 높아야 하는데 그럴 리도 없고.'

명성은 다양한 힘을 가진다. 그중 하나가 마법 방어력 상승이다. 미미하지만 20개의 명성에 1의 마법 방어력이 오른다. 초보자인 민혁이 명성이 높을 리는 만무했다. 그래서 충분히 약해진 사일런스에도 걸릴 거라 생각했다.

먼저 민혁의 입을 막아야 NPC들 귀에 그의 비명이 들어가지 않겠지.

"방법이라. 딱히 필요하나요? 매너를 지키면 됩니다. 받으면 그만큼 주고, 그리고 그들은 제가 주면 그만큼 돌려주죠."

"와……. 근데 들어보니, 뭐 우리는 '비매너다' 그렇게 들리는데?"

벨로가 비꼬고 들어갔다. 그리고 이어 마법을 준비 중이던 브론. 그가 시전했다.

"사일런스!"

[사일런스가 실패합니다.]
[비매너 행위를 하셨습니다.]
[일시적 카오 상태가 됩니다.]

"……어?"

브론은 순간 당황했다.

'어째서 먹히지 않는 거지?'

곧이어 브론이 다시 시전했다.

"사일런스!"

[사일런스가 실패합니다.]

"뭐, 뭐야?"

"아이씨, 뭐하냐."

"아, 안 걸리는데?"

일당의 소란에 민혁은 한 발자국 뒤로 물러나서 침착하게
머리를 굴렸다.

'PK라……'

이런 놈들이 다 그렇지 않던가. 한데, 지금 현재 그들 중 딱

한 명만이 반카오 상태가 되었다.

'이딴 놈들 때문에 내가 카오가 될 필욘 없지.'

이들을 카오로 만들어야 한다. 자, 그러기 위해선 어떻게 해야 하느냐. 이들은 지금 자신을 약한 요리사라고 생각할 거다. 사실 토벌대의 NPC들도 그렇게 생각하고 있었으니까.

"서, 설마 절 PK 하시려는 건가요? 흐어억, 제, 제발 그러지 말아주세요!"

그는 연기를 시작했다.

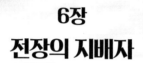

6장
전장의 지배자

"아, 새끼, 첫 강제 로그아웃인가 보네, 형들이 안 아프게 끝내주마."

벨로의 검이 그를 공격하기 위해 위에서 아래로 내려쳐진다. 민혁이 양손으로 검을 움켜쥔다. 그리고 엉성한 자세로 내려쳐지는 벨로의 검을 막아냈다.

태애애앵-

[비매너 행위를 당했습니다.]
[벨로 유저가 일시적 카오 상태가 됩니다.]

'일단 한 놈.'

민혁은 일부러 자빠지며 겁에 질린 표정을 했다.

"이, 이 ×발······. 게, 게임인데도 뭐가 이렇게 무서워!"

"형들이 안 아프게 죽여준다니까!"

한 유저가 민혁을 향해 화살을 쐈다.

"히이이익!"

표정은 겁에 질렸지만, 그의 눈은 궤적을 정확히 봤다. 그가 엉성하게 검을 들어 올려 화살을 쳐냈다.

[비매너 행위를 당했습니다.]

[둠스 유저가 일시적 카오 상태가 됩니다.]

"저놈, 운 좋네!"

"캬하하하, 도망치는 꼴 봐라."

곧이어 또 다른 전사 유저가 민혁을 향해 도끼를 힘껏 내려찍었다.

"머리를 쪼개주마!"

후우우우우웅!

마지막.

태에에에엥!

[비매너 행위를 당했습니다.]

[알라스 유저가 일시적 카오 상태가 됩니다.]

알림을 모두 들은 민혁은 양손으로 쥐고 있던 검에서 한 손을 떼었다. 그리고 한 손으로 천천히 검과 접촉한 도끼를 몸을 일으키며 밀어냈다.

"응……?"

알라스는 힘을 집중적으로 올린 전사 유저였다. 하지만 단 한 손에 자신의 도끼가 밀려나자 고개를 갸웃했다.

'뭐지?'

방금까지 겁먹은 강아지처럼 떨던 녀석 아닌가? 그 때문에 그는 잠시 이 상황을 이해하지 못했다.

태에에엥!

민혁이 힘껏 도끼를 쳐냈다. 그 힘에 알라스가 세 발자국 뒷걸음질 쳤다.

그리고 민혁의 주먹이 꽉 쥐어졌다. 그대로 알라스를 향해 거리를 빠르게 좁혔다. 그다음 턱을 향해 어퍼컷!

콰지익!

알라스의 몸이 위로 붕 떠올랐다가 떨어졌다.

쿵!

"아, X발 놈들이 그만하라니까. 진짜."

"컥, 컥컥……."

턱을 맞은 알라스는 몸을 일으키지 못하고 있었다. 그리고 그는 볼 수 있었다.

'무, 무슨 주먹 한 번에 HP가……!'

거의 40% 이상이 깎여 나갔다.

요리사의 주먹이 이렇게 강할 수 있는가? 아니, 전사 클래스라고 할지라도 이건 말이 안 되는 일이다.

"이, 이런 말도 안 되는……."

벨로가 눈을 크게 떴다.

"거기 앞에 머리만 큰 메이플 스토리 캐릭터, 일로 와 봐."

그 말은 벨로에게 하는 말이었다.

[바르디 검술]
[6분 동안 5대 스텟이 12 상승합니다.]
[헤이스트]
[10초 동안 공격 속도, 이동 속도가 1.3배 상승합니다.]

민혁은 꾸준히 숙련도를 올려 바르디 검술을 레벨업 시켰다. 스텟이 3씩 더 상승하고 지속 시간이 1분 더 길어진 셈이다.

타앗!

그가 지면을 박찼다.

"허엇!"

경이로울 정도의 빠른 속도에 벨로가 눈을 크게 떴다. 자신의 본렙이 40일 때보다도 더 빠른 속도.

[전사의 분노]

[1분 동안 힘과 체력이 10 상승합니다.]

그가 자신이 가진 전사 스킬을 발동시켰다.
곧 두 검이 충돌했다.
콰지이익!
푸화아아앗!
충돌의 순간 벨로의 검에서 갑자기 화염이 솟구쳐 올랐다.

[살라만더의 불꽃]
[적에게 지속적인 타격을 입힙니다.]

하지만 민혁은 힘을 주는 걸 멈추지 않았다.
벨로의 검이 힘없이 땅에 처박혔다. 그 순간.
수화앗!
민혁의 검이 그의 허리를 베고 지나간다.
"윽!"

[세 번 빠른 공격]
[세 번 연속 공격합니다.]

그 옆구리를 잔상 두 개 중 하나가 더 깊게 베어냈다.
푸지이이익!

[HP가 20% 미만입니다.]

"아, 안……!"

벨로가 그 말을 끝내기 전, 마지막 잔상이 옆구리의 반 정도를 파고든다.

푸핫!

벨로가 죽고 그 자리에 반지 아티팩트와 골드를 드랍했다.

타타타탓!

곧 남아 있는 마법사 유저를 가뿐히 처리하고 이어서 쓰러진 녀석도 로그아웃시켰다. 마지막 한 명 남은 유저 또한 깔끔하게 처리해 낸 민혁. 그는 그들이 떨군 아티팩트를 빠르게 주웠다.

[7,580,000골드를 획득합니다.]
[아울베어의 전사 갑옷을 획득합니다.]
[살라만더의 더블링을 획득합니다.]
[늑대인간의 털 갈기를 획득합니다.]
[황금의 땅 지도를 획득합니다.]

"오."

민혁은 작게 감탄했다. 네 명의 유저가 드랍한 것들이다.

저번의 로이라는 녀석은 아쉽게도 골드는 드랍하지 않았었다. 한데, 오늘은 네 명 중 벨로라는 녀석이 골드를 드랍했다. 유저를 죽였을 시의 골드 드랍률은 1~80% 사이를 왔다 갔다 한다. 여기서 명성이 높으면 하락하고 반카오 혹은 반영구 카오일 때는 그 확률이 대폭 상승하게 된다.

민혁은 드랍된 아이템 중 살라만더의 더블링에 눈길이 갔다.

아테네의 반지는 등급 안에서도 여러 가지로 나뉜다. 일반 링, 더블이 붙으면 한 단계 더 좋은 링, 트리플이 마지막. 더블링 정도면 아무리 초보자가 껴도 현금가로 150만 원 이상의 가치를 가진다 들었다. 즉, 골드로 계산하면 3천만 골드.

(살라만더의 더블링)

등급: 유니크

제한: 힘 60

내구도: 1,625/3,000

방어력: 78

특수 능력:

•스킬 살라만더의 불꽃

살라만더의 불꽃이란 스킬은 공격, 방어할 때마다 작은 불꽃이 일고 불꽃에 닿으면 지속적인 대미지를 입힌다고 쓰여 있다. 방금 전 벨로의 검과 민혁의 검이 닿은 순간 불길이 치솟은 이유가 여기에 있었다. 어떻게 보면 살라만더의 불꽃은 마법 공격과 같았다.

초보 유저들은 마법 방어력이 없다. 때문에 굉장히 유용할 것 같은 아티팩트. 더블링의 가치를 한다.

민혁은 이건 자신이 끼기로 했다.

그다음 아울베어의 전사 갑옷은 레어로 약 200만 골드 정도 할 것으로 추정되었다.

"황금의 땅?"

민혁은 고개를 갸웃하며 그 지도를 클릭해 봤다.

(황금의 땅 지도)

제한: 레벨 130

설명:

• 봉인 상태

"음……."

황금의 땅이라는 곳은 현재 민혁이 레벨이 되지 않아 봉인된 상태였다.

민혁은 그들이 잿빛으로 사라지는 걸 봤다. 땅을 치며 로그아웃을 하고 있을 거다.

"안 쓰는 거 팔아서 맛있는 거 사 먹어야지~"

민혁은 콧노래를 부르며 로그아웃했다.

다른 커넥션 길드원들과 다르게 미리 로그아웃했던 유저 안석태.

"그딴 식으로 할 거면 집에서 나가!"

"아이씨, 진짜 왜 그래!"

삼수생인 그는 오늘도 어머니와 함께 대판 싸우고는 자신의 방으로 들어왔다. 그는 한숨을 쉬며 휴대폰을 들었다.

"이놈의 집구석, 나가든가 해야지."

하지만 막상 그럴 용기는 없는 석태다. 곧 휴대폰을 확인한 그는 의아한 표정을 지었다.

"어?"

이번 고블린 토벌대에 참가한 인원들이 있는 단톡방의 글이 난리가 났다. 전화도 벨로, 즉 이성민한테 20통이 넘게 왔었다.

[성민: 아, ×발. 열받네, 더블링 떨궜네.]

"이, 이게……?"

그는 헉하는 소리를 토해낼 수밖에 없었다. 단톡방 정황으로 보아 요리사 유저를 그들이 급습했다가 다 같이 로그아웃

당한 모양이었다. 거기에 성민은 매일 그렇게 자랑하던 살라만
더의 더블링이라는 고가의 아티팩트를 떨군 모양이다.

살라만더의 더블링은 제한도 낮은 데다가 화속성 스킬이 붙
어 있어 일반 더블링보다도 훨씬 비싼 값어치를 가진다. 현금
가로 약 400만 원.

'×새끼, 매일 자랑하더니. 꼴 좋다.'

석태는 낄낄 웃다가 곧 단톡 내용을 보면서 얼굴을 구겼다.
현재 그들은 로그아웃 당해서 접속할 수가 없다. 때문에 이 일
을 어찌할지 논의 중이었다.

[성민: 하, ×바. 내가 어떤 짓을 해서라도 그 새끼 조진다. 레벨만 풀
려봐 그냥.]

[김혜석: (이모티콘)]

혜석이란 친구는 무슨 말을 해야 그의 심기를 맞출지 몰라
초록색 오리가 밥상 엎는 이모티콘만을 보냈다.

그러던 중.

[성민: 석태, ×새끼야. 단톡 확인했으면 전화를 해야 할 꺼 아냐,
1 사라졌는데 답장 안 한 놈이 가장 쓰레기인 거 모르냐?]

[석태: 아, ㅈㅅ⋯⋯. 뭣 좀 하느라.]

[성민: 넌 아직 살아 있잖아. 그러니까, 아니다, 전화한다.]

곧 석태는 벨이 울리는 걸 볼 수 있었다.

[희대의 ×새끼님]

'아, 이 새끼 왜 또 지랄이냐.'

그는 혀를 찼다. 돈줄만 아니었으면 진작에 그와 어울리지 않았을 거다. 그런 생각을 하며 전화를 받았다.

"여보세요?"

[어, 야. 내가 기가 막힌 방법을 하나 생각해 냈거든?]

'네네, 그러시겠죠.'

석태는 대충 맞장구나 맞춰주자고 생각했다.

"기발한 방법?"

[어, 거기서 한 2㎞ 지점만 가도 오크 부락지 있지 않냐.]

있다. 딱 석태 레벨의 유저들이 사냥하는 곳이었다.

[너 도적이니까, 몰이해서 토벌대 덮쳐 버려.]

"응……? 그게 무슨 소리야?"

[야이, 답답이 새끼야. 어차피 우리 히든 던전 물 건너갔으니까. 토벌대 덮치라고. 그리고 그 틈에 그 요리사 새끼 조지고. 아니다, 오크들한테 뒈지려나?]

'와, 잔머리 봐라…….'

나쁘지 않은 생각 같긴 했다.

석태는 발이 빠른 도적 유저다. 또 오크들은 선공을 치는 몹들이라 몹몰이가 쉬운 편. 헤이스트 한 번 걸고 몰이하면 충분히 토벌대까지 갈 수 있다.

'근데 그러면 다른 유저들도⋯⋯.'

곧 성민이 말했다.

[이거 성공하면 다른 애들한테 주기로 했던 돈에 200 얹어서 준다.]

"지, 진짜?"

[형이 인마. 당연히 더 챙겨주고 시키겠지. 할 거냐?]

"오오오, 해야지!"

석태는 고개를 끄덕였다. 어려운 일은 아니었다. 다른 유저들도 죽는다는 양심의 가책 따위 당장 눈앞의 욕심에 버린 그였다.

곧 통화가 끝났다.

"크하하핫, 거의 400만 원이잖아!"

그가 기쁨에 겨워 소리쳤다. 그때.

"안 자냐?"

엄마의 목소리가 들렸다. 그가 작은 목소리로 말했다.

"이, 이제 잘게요오오⋯⋯."

당연히 자고 일어나서 할 예정이다.

아침 일찍 일어난 오창욱은 물을 마시기 위해 밖으로 나왔다. 150평 민혁의 집 안에 꽤 많은 이들이 거주 중이었다.

그는 냉장고로 가서 물을 한 컵 마시며 아테네 공식 홈페이지를 확인하고 있었다.

스마트폰 중독! 그는 일어나자마자 항상 아테네 공식 홈페이지의 베스트 글을 보는 게 거의 습관이 된 거다.

그러던 중 민혁이 나왔다.

"일어나셨어요?"

"왜 이렇게 일찍 일어났어?"

"후후후후후."

민혁이 의미심장한 미소를 지었다. 어제저녁 역으로 벨로 동료들의 통수를 친 후에 민혁은 오늘 아침을 뭘 먹어야겠다 생각해 놓은 게 있었다.

"알면 다칩니다. 후후후……."

"네 표정만 봐도 다칠 것 같은데."

그러면서 오창욱은 베스트 글을 확인하다가 멈칫했다.

'뭐야 이건?'

베스트 글에 이렇게 쓰여 있었다.

[쪼렙 요리사의 노멀 돈까스.]

"노멀 돈까스?"

그 말에 민혁이 의아한 표정을 지었다.

곧 오창욱이 그 게시글을 확인하더니 웃었다.

"조작질도 이 정도면 장인급이다. 어휴, 무슨 말 같지도 않은 소릴……."

"노멀 돈까스요?"

민혁이 그에게 성큼 다가갔다. 창욱이 스마트폰을 내밀었다.

"야, 이거 봐라. 20레벨 요리사가 만든 요리란다, 보이냐? 공격력, 방어력 올라가는 거? 어휴. 진짜, 이 관종들."

민혁은 그가 내민 스마트폰을 보았다.

베스트 게시글 3위. 댓글이 약 천 개가 넘게 달린 그 글엔 민혁이 만들었던 노멀 돈까스를 먹고 울린 버프 알림이 스크린 샷으로 찍혀 나타났다.

"이게 그렇게 말도 안 되나?"

"댓글 봐라."

그에 민혁은 댓글을 확인했다.

-sfkkf62: 와, 조작 오지고요 지리고요 고요고요 고요한 밤이고요.

-메밀군사랑: ㅋㅋㅋㅋㅋㅋ 왜, 아예 네가 대령 숙수라고 하지 그러냐? 그거 암? 울 아빠 대통령인데, 방귀 뀌면 의사들 달려와서 냄새로 진단한다.

-gsffdf13: 근데 진짜일 수도 있지 않아요?

-jvfgncvm11: 저 현재 요리사 유저인데요. 저거 말도 안 됨요. 국내 최고 요리사 1위 김석현도 저거 안됨. 또 다수 버프라고 했는데 딱 봐도 개 조작.

사람들은 조작이라고 생각하고 있었다.

민혁은 그 말에 피식 웃으며 말했다.

"저거 만든 사람 난데."

하지만 창욱은 여전히 글을 보면서 말했다.

"눼눼, 그러시겠죠. 우리 구라왕 민혁이를 누가 말려요."

"진짠데."

"아, 그래요. 저희 민혁 씨는 15렙인데도 랭킹 1위도 뺨 때릴 분이니까요."

"흠."

민혁은 물을 마셨다. 스크롤을 내리며 창욱이 말했다.

"이게 진짜 너면 내가 이제부터 너한테 '아이구 형님, 식사는 하셨습니까' 하면서 문 열어준다."

그렇게 말하며 스크롤을 내리다가 그는 오호라! 하는 표정을 지었다.

"야, 그 사람 사진도 올렸다네?"

그렇게 말하며 그가 신이 나서 스크롤을 내렸다.

"와, 조작인데 얼굴 인증까지. 진짜 지렸……."

곧 스마트폰을 내리던 창욱은 휴대폰 속 안에서 배식을 하고 있는 남성을 볼 수 있었다.

"……."

"……형님, 식사는 하셨습니까."

빠른 태세 전환!

"아직이다, 이놈아."

"……예. 어여 하시지요."

"오냐."

"그, 그것보다 형님."

"?"

"이거 진짜입니까?"

민혁이 고개를 끄덕였다. 창욱은 할 말을 잃었다.

'김석현을 잡는 사기적인 버프 스킬이라…….'

그런 생각을 하던 중이었다. 갑자기 민혁이 자신의 방 앞으로 가더니 헛기침을 했다.

"흐음, 돌쇠야."

오창욱이 후다닥 달려가 문을 열어줬다.

"고생이 많구나."

어깨를 툭툭 두들겨 주고 민혁이 안으로 들어갔다. 그리고 바로 아테네에 접속했다.

아테네에 접속한 민혁. 그는 모든 토벌대 병력이 잠이 든 시간에 요리를 하고 있었다.

날씨가 많이 추웠다. 허- 하고 불면 새하얀 입김이 생겨날 정도로.

이렇게 추운 날, 조금 거하게 기분 한번 내보려고 한다.

'병사들 식사는 이거 먹고 만들어야지~'

병사들 아침 메뉴는 지금 민혁이 먹으려는 것과는 달랐다. 이건 순전히 그가 먹고 싶어서 만드는 것이다.

부글부글 부글-

뚝배기 안에서 끓고 있는 붉은색 국물, 그리고 그 안에 담겨 있는 살이 도톰하게 붙어 있고 그 위로 우거지가 있는 음식. 바로 뼈다귀해장국이다.

7~8천 원 내외면 사 먹을 수 있는 음식. 회사원들이나 친구들끼리 모였을 때, '오늘 점심 뭐 먹을까?' 하다가 먹으면 항상 평균은 간다 하는 음식이다. 싼값에 고기도 마음껏 즐길 수 있고 다 먹은 후 얼큰한 국물에 밥을 말아 먹기도 하니, 정말 최고의 음식이 아닐까.

"헤……."

부글부글 국물이 끓고 있는 뼈다귀해장국으로 민혁은 먼저 숟가락을 가져갔다.

등뼈 고기 위에는 들깻가루가 한가득 뿌려져 있었다. 수저로 국물을 퍼서 그 들깻가루 위로 뿌린다. 그러면 들깻가루가 국물 곳곳에 스며들어 컬컬할 수 있는 뼈다귀해장국 맛을 좀 더 부드럽게 해준다.

"자아, 요 녀석을 먹어볼까나."

등뼈 고기 하나를 들어 접시 위로 옮겼다.

"후뚜뚜뚜."

아직 뜨거운 등뼈 고기이기에 뼈를 잡자 확 뜨거움이 올라왔다. 양념이 묻은 손을 쪽쪽 빨아준 후에, 뼈와 뼈를 잡고 쭈우우욱 당겼다.

"와아아아아."

뼈가 분리되며 모락모락 수증기가 피어오른다. 척 보기에도 먹음직스러운 살점들이 드러났다. 그 상태에서 젓가락으로 살점을 분리한 후 입에 가져가 씹어봤다.

"우물우물."

입안에 들어온 고기는 푹 고아냈기에 야들야들하게 부드럽게 씹힌다. 못하는 집에 가면 한 없이 질기고 퍽퍽한데.

"이거, 이거 뼈다귀해장국 맛집이구만!"

빙그레 미소를 지은 민혁은 그렇게 말하며 숟가락으로 붉은 국물을 크게 떴다.

후! 후!

불어준 후에.

후룹―

"크!"

적당히 얼큰하고 맵지 않은 국물맛에 속까지 다 따뜻해지는 것 같다.

이제 본격적인 타임이다. 작은 그릇에 담겨 있는 간장, 그리고 구석에 발린 고추냉이. 고추냉이를 원하는 만큼 떼어서 휘휘 저어준다. 간장의 색이 고추냉이와 만나 검초록빛을 띤다.

민혁은 분리해 놓았던 등뼈 고기 하나를 손으로 집어 들었다. 그리고 고추냉이 소스에 찍은 후에 그대로 입으로 크게 가져가 뜯었다.

"와구!"

고추냉이는 톡 쏘면서도 코를 찡하게 만드는 맛을 가졌지만, 뒤에선 단맛도 가지고 있는 녀석이다. 야들야들하고 매콤한 고기와 톡 쏘는 맛을 가진 고추냉이 장이 만나 입안에서 함께 어우러지니 입가에 행복한 미소가 절로 감돈다.

등뼈 사이사이의 모든 고기를 쪽쪽 빨아 먹은 민혁은 빨수록 고소한 맛이 나는 걸 느낄 수 있었다. 역시 뼈다귀해장국은 뜯어야 맛이다.

뼈를 커다란 그릇에 버린 후 손가락에 묻은 양념을 다시 한 번 입으로 쪽쪽 빨고 물티슈로 슥슥 닦는다. 그리고 다시 등뼈 고기를 뜯다가 공깃밥을 한 입 크게 떠서 입에 넣었다.

그 상태에서 컬컬한 국물을 한 번 떠먹어줬다.

"크흐, 아, 여기에 소주 1병 각인데."

그런 아쉬운 소리를 하며 국물 안의 우거지를 건져 올린다.

해장국의 국물을 머금은 우거지를 밥 위에 올린 후에 그 상태로 또다시 입에 가져갔다.

우물우물-

적당히 국물을 머금은 우거지는 입안에서 밥알과 어울려 부드럽게 씹히며 넘어간다.

그리고 뼈의 고기를 다 먹어갈 때쯤엔 뼈다귀해장국 고기 한 덩이를 남겨둔다. 그 고기를 접시 위에서 쭉쭉 찢어서 스르르 국물 안에 집어넣는다.

고기가 들어간 국물에 하얀 밥을 풍덩 빠뜨리고 꾹꾹 눌러서 밥에 국물이 잘 스미게 한 다음 입에 가져갔다. 칼칼한 국물과 고슬고슬 잘된 밥이 입안에서 만났다.

거기에 민혁은 뼈다귀해장국 집에서 흔히 나오는 양파절임을 가져가 먹어봤다. 시큼하면서도 달짝지근한 양파절임의 맛, 그리고 깍두기를 가져다 씹는다.

아삭아삭-

깍두기 씹는 소리가 경쾌하다. 거기에 잘 익은 김치를 한 입을 더하면.

"아, 뼈다귀해장국. 넘흐 맛있드아."

민혁은 그렇게 감탄하며 국물 한 방울 남기지 않고 모조리 먹었다. 깨끗하게 비워낸 민혁이 씨익 웃었다.

"클리어."

[뼈다귀해장국을 먹었습니다.]
[8시간 동안 공격력 7%, 방어력 7%가 상승합니다.]

    민혁은 실험 중이었다. 아무리 자신이 먹는 것에만 관심이 있다고 해도 스킬에 아예 관심이 없는 건 아니었다. 과연 매번 만드는 것마다 버프량이 얼마나 상승하는지. 한계는 어디까지 인지도 궁금했다. 요리를 하는 재미도 나름 쏠쏠한 편이었고.

    민혁은 요리와 식사를 병행하며 어제의 일을 떠올렸다. 앞서가는 자를 고꾸라뜨리려는 자들은 어디에나 즐비했다.

    '약한 것보단 강한 게 낫다.'

    더 맛있는 걸 먹기 위해!

    민혁은 아직 덜 찬 배를 두드리면서도 식사를 준비하기 위해 걸음 했다.

    한참 아침 식사를 준비 중이었다.

    "바깥이 소란스럽군."

    드디어 토벌대가 보르디 평지에 도달했다. 보르디 평지에 도착한 병력은 치열하게 고블린들을 밀어내며 전투 중이었다.

    "빠르게 요리를 내놔야겠어."

    "예."

민혁은 박차를 가했다. 그러던 때였다.

[재료추적 스킬을 사용합니다.]
[재료 탐색에 성공합니다.]
[오크 부족장의 정수는 미각을 살리는 고유의 재료입니다.]
[식신의 요리 스킬 1레벨부터 요리 가능.]
[추천하는 메뉴. 탕수육.]

"……?"
민혁은 잠시 멈출 수밖에 없었다.
"왜 그러나?"
"아, 아닙니다."
1㎞ 안. 그 안에 오크 부족장이라는 녀석의 정수를 이용하면 미각을 살리는 요리를 만들 수 있다.

토벌대는 치열하게 고블린들을 상대하고 있었다.
푸지익!
병사 베네토의 창이 고블린의 머리를 꿰뚫었다. 거친 숨을
토해낸 그가 주변을 둘러봤다.
"후아……!"

상황은 어느덧 정리되고 있었다. 토벌대장 발드가 말에 올라 주변을 살피며 힘없는 목소리로 말했다.

"다 끝나니까, 배가 고프군!"

"나도 배고파 죽겠어, 민혁이의 요리를 먹고 싶다니까?"

"민혁이 이제 곧 떠날 텐데. 이제 마누라의 요리를 먹을 수 있긴 할는지."

그들이 오늘의 아침 요리는 얼마나 대단할지 기대하며 떠들고 있을 때였다.

쿠그그그그그!

거칠게 땅이 진동하기 시작했다.

"음?"

병력은 의아함에 고개를 갸웃했다.

"뭐야?"

"웬 발소리가……."

유저들도 의아한 표정을 지었다. 토벌대장 발드는 서둘러 망원경을 꺼냈다.

"이, 이런……!"

그는 눈을 크게 떴다. 선두로 한 유저가 빠른 속도로 달리고 있었는데, 그 뒤로 서른 마리의 오크들이 뒤쫓고 있었다. 게다가 오크 부족장이라는 50레벨대의 보스 몬스터도 보였다.

"헙……!"

심지어 그 발소리에 놀란 고블린들까지 이쪽으로 도망쳐 오고 있었다.

발드는 미간을 구겼다. 하지만 NPC인 그에게 후퇴는 없었다. 오로지 전진뿐.

"모두 검을 뽑아라, 보르디 평지를 사수한다!"

병사들이 몸을 일으키기 시작했다.

"오크들이야. 자그마치 오크들이라고!"

"크, 큰일이다!"

이곳 토벌대 병사들의 평균 레벨은 25 정도다. 초보 토벌대이기에 병력이 유저들을 끌어주는 역할을 해야 했다.

서서히 오크들은 가까워지기 시작했고 발드는 직감했다.

'최소 반절이 죽을 것이다.'

그리고 발드는 반절의 병력이 죽어야지만 사냥에 동참할 수 있는 NPC였다.

병사들이 앞으로 나서기 시작했다.

"취이이이익!"

"취이익, 취이이익, 인간…… 놈들……!"

오크들이 가까워진다.

"주여……."

"오, 하르멘."

"아, ×같다. 이러다 로그아웃 당하는 거 아니야?"

"초보 토벌대에서 로그아웃 당하는 것도 개 ×신 같은 일인데?"

유저들이 놀란 음성을 터뜨렸다.

그때 가장 선두에 선 베네토. 그는 자신의 옆으로 누군가 온 걸 볼 수 있었다.

"신병! 자네, 여기 있으면 안 된다네. 뒤로 가지!"

"맛있는 탕수육. 찍먹보단 부먹."

민혁은 뒤로 가지 않고 오크들을 노려봤다.

탕수육. 중국집 요리의 TOP과 같은 존재 아니던가. 18,000원 짜리 탕수육이 하나에 짜장면이 두 개 오는 세트를 먹는 건 매우 기쁜 일. 그것도 할 일 없는 주말에 느적느적 일어나 시켜 먹는 기분은 최고다.

민혁은 탕수육이 너무도 먹고 싶었다. 마른침이 꿀꺽 넘어 갔다. 랜의 미각도 찾아주는 건 군만두 같은 서비스!

"먹는다!"

[바르디 검술]
[6분 동안 5대 스탯이 12 상승합니다.]

"자네 같이 약한 조리병이 뭘 할 수 있다고 여기 있는 건가!"

어느덧 지척까지 오크가 다다랐다. 그리고 선두에서 가장 빠르게 달려온 오크가 민혁을 향해 녹슨 도끼 하나를 휘두르며 몸을 던졌다.

"취이이이익!"

그 순간 모두의 이목이 그곳으로 쏠렸다. 그들은 순간 이방인들이 죽어도 다시 살아나는 존재라는 걸 잊었다. 그만큼 급박한 상황이었기 때문.

베네토가 외쳤다.

"내, 내 딸한테 소개시켜 줘야 하는데……! 아, 안 돼! 죽을 거야!"

그런 생각을 하던 때. 민혁이 주먹을 앞으로 뻗었다.

퍼직!

"꿱!"

오크가 뒤로 나뒹굴었다.

"팍씨! 너희 대장 나오라그래!"

가볍게 주먹을 턴 민혁. 곧이어 또 다른 오크가 민혁의 옆을 지나쳐 베네토를 공격하려는 순간.

푸지이익!

화르르륵!

민혁의 검이 녀석의 등을 가뿐히 베어냈다. 그리고 검에서 솟아난 화염이 오크의 몸을 뒤덮었다.

"취이이익, 취이이익 뜨, 뜨겁다!"

[살라만더의 불꽃]
[지속적인 대미지를 받습니다.]

민혁은 뜨거움에 괴로워하는 오크를 베어냈다.

그와 함께 병사들과 오크들이 충돌했다.

"취이이익!"

"취이이이익!"

민혁은 충돌한 병사들 틈에서 오크 부족장을 사냥하겠다는 일념으로 앞으로 나아가기 시작했다.

푸화앗!

[급소 찌르기]

[성공할 시 공격력 17%가 추가됩니다.]

퍼직!

[세 번 빠른 공격]

[세 번 연속 공격합니다.]

물 흐르듯 앞으로 나아가는 민혁의 움직임은 부드럽고 날카로웠다.

수우우웅!

전장을 휘젓고 다니는 민혁. 그 모습을 보며 병사들이 감탄했다. 민혁의 무력도 예상외였지만 병사들에게는 그의 용감무쌍한 모습이 각인되었다. 그에 그들도 가슴 속 피가 뜨겁게 끓어오르는 걸 느끼며 진격을 시작했다.

그렇게 나아가던 중.

"크아아아아아!"

민혁은 거친 포효성을 들을 수 있었다.

멀지 않은 곳에 오크 부족장이 있었다. 오크 부족장은 목에 동물의 뼈로 만든 목걸이를 착용하고 있었다. 키는 240㎝를 넘어설 정도로 커다랗고 녹이 슬대로 슨 대검을 들고 있었다.

푸지익!

"취이이익!"

화르르르륵!

[살라만더의 불꽃]
[지속적인 대미지를 받습니다.]

또 한 마리의 오크를 베어낸 민혁이 안쪽으로 파고들기 시작했다.

푸화앗!

쉴 새 없이 몰려드는 오크들을 베어내는 민혁은 노련했다. 그리고 어느덧 오크 부족장의 지척에 이를 수 있었다.

후우우우웅!

오크 부족장이 민혁을 향해 대검을 힘껏 내려찍었다. 민혁은 뒤로 한 걸음 빠르게 물러나 검을 피해냈다.

[헤이스트]
[10초 동안 공격 속도, 이동 속도가 1.3배 상승합니다.]

민혁의 몸이 한껏 빨라졌다.

'스킬 쿨타임까지 10초.'

급소 찌르기와 세 번 빠른 공격. 그전에 최대한 놈의 HP를 깎는다.

수우우웅!

퍼지이이익!

오크 부족장이 휘두른 대검에 옆에 있던 오크가 날아갔다. 그 틈에 옆으로 빠르게 파고들어 옆구리를 벤다.

퐈지이잇!

오크 부족장의 단단한 레더 아머를 민혁의 검이 파고들지 못했다.

'얕게 치고 가는 건 안 된다 이거군.'

수우우우웅!

콰지이익!

그 순간 대검이 위에서 아래로 내려쳐졌다.

한 바퀴 빙글 돌아 피해내자 땅에 박힌 대검이 보였다.

민혁은 빠르게 분석했다.

'대검은 무겁고 휘두를 때 동작이 커진다. 그 의미는 녀석이 공격에 실패할 때마다 공격의 기회가 두 번 정도 생긴다는 거다.'

그리고 그 생각처럼 오크 부족장이 또 한 번 대검을 휘두른 순간 커다란 빈틈이 나타났다.

'바로 지금처럼!'

민혁은 그 틈에 발로 힘껏 놈의 정강이를 걷어찼다.

"크락!"

놈이 몸을 움찔하며 대검을 뽑아 들어 올리려는 순간.

민혁이 횡자로 놈의 가슴팍을 베어냈다. 그러자 레더 아머가 찢겨 나가며 초록 피가 주르르륵 흘러나온다.

"크아아앗!"

놈이 거친 비명을 토하며 민혁에게 무차별적으로 대검을 휘두른다.

수우우웅!

'이런 타입의 경우 힘과 체력에 의존한다. 때문에 속도와 기술을 가진 자와의 싸움에선 불리할 수도 있다.'

대신에 속도와 기술을 가진 자는 최소한의 피해만을 허용해야 한다.

"읍!"

부족장이 휘두른 발길질에 몸을 움직이던 민혁이 옆구리를 허용했다. 그 힘이 얼마나 묵직한지 거친 숨이 터져 나오며 옆으로 밀려났다. 민혁은 한 바퀴 몸을 굴린 후에 스킬 쿨타임 시간이 된 것을 확인했다.

[세 번 빠른 공격]
[세 번 연속 공격합니다.]

민혁은 몸을 일으키며 옆구리를 향해 힘껏 검을 움직였다.

퍼지이익!

검 끝이 레더 아머를 파고들다 멈춘다. 하지만 남은 잔상이 그 틈을 비집고 들어갔다.

푸지익!

"크하아아악!"

그리고 마지막 잔상.

푸지이이이익!

"끄아아악!"

[급소 찌르기]
[성공할 시 공격력 17%가 추가됩니다.]

민혁의 검이 놈의 목을 향해 빠르게 뻗어진다.

푹!

오크 부족장의 목이 그대로 꿰뚫렸다.

[레벨업 하셨습니다.]
[레벨업……]

자그마치 레벨이 7이나 올라갔다.

푸화앗!

검을 가뿐히 뽑아낸 민혁이 거친 숨을 몰아쉬며 주변을 살폈다. 신병이 오크 부족장을 사냥한 것을 본 병사들은 환호성을 터뜨리고 있었다.

[토벌대에서 자신보다 30레벨이 넘는 보스 몬스터를 혈혈단신 사냥하셨습니다.]

[전장의 지배자 칭호를 획득합니다.]

이윽고 민혁은 오크 부족장이 드랍한 아티팩트를 발견했다. 200㎖ 정도를 수용할 수 있는 작은 병 하나와 오크 부족장의 대검. 그리고 골드였다.

[오크 부족장의 정수를 획득합니다.]

[오크 부족장의 대검을 획득합니다.]

[172,313골드를 획득합니다.]

알림을 들은 후 민혁은 빠르게 움직였다. 지금 바로 얻은 것들을 확인할 여력은 없었다. 병사들이 사기를 얻고 득달같이 덤볐지만 오크들에게 맥없이 쓰러지는 자들이 한 둘이 아니었기 때문이다.

"저, 저게 요리사라고……?"

그리고 그 모습을 보는 루니.

"……와!"

감탄사가 절로 흘러나왔다.

민혁은 오크들에게 한 번씩 치명타를 입히거나 혹은 전투가 힘들 정도로 다리를 그으면서 종횡무진 활약했다. 병사들은 그런 오크들을 빠르게 처리했고 마지막 남은 오크의 목이 베네토가 휘두른 창에 꿰뚫었다.

"역시 우리 사위는 대단해! 내 딸을 가질 자격이 된다!"

'……거절한다!'

민혁은 그의 시선을 피했다.

"와아아아아!"

"민혁! 민혁! 민혁!"

발드는 침착한 눈으로 병력을 돌아봤다. 모든 병력이 민혁에게 동화되었다. 그리고 민혁은 그 틈에서 빠르게 아이템을 확인했다.

(오크 부족장의 정수)

재료 등급: C

특수 능력:

• 미각을 살린다.

설명: 오크 부족장의 정수는 예로부터 미각을 살리거나 극대화 시킬 수 있다고 한다. 퀘스트 아이템이며 상점에 팔 수도 있다.

'역시……!'

민혁의 예상이 맞았다. 퀘스트 아이템의 종류였다.

그 외에도 차례차례 확인했다.

(오크 부족장의 대검)

등급: 유니크

제한: 레벨 40, 힘 70

내구도: 3,261/5,000

공격력: 320

특수 능력:

- 힘+7 민첩+5

- 스킬 투지

"뭐, 나쁘지 않네."

유니크. 하지만 발란의 검이 더 좋았다. 그 이유는 공격력이 320이나 되지만 대검 자체가 휘두르는데 제한을 받고 둔하게 만든다는 거다.

민혁은 기술과 스피드를 선호했다. 역시 이 무기는 팔아서 맛있는 거 사 먹는 게 나을 것 같다고 생각했다.

그리고 마지막.

(전장의 지배자)
유일 칭호
제한: 레벨 150
칭호 효과:
• 25레벨 이상 차이 나는 몬스터와 싸울 시 5대 스텟+10, 치명
타율+10%

쩨 좋은 칭호였다. 그리고 다른 칭호들과 다르게 제한이 붙
었는데, 만약 150레벨이 넘는다면 칭호 효과가 사라진다고 적
혀 있었다.

모든 걸 확인했을 때.

"부상자는?"

"경미한 부상자 여덟, 중상을 입은 병사 다섯입니다!"

확실히 적은 피해였다. 만약 민혁이 앞서서 나서지 않았다
면 더 큰 피해로 이어졌을 확률이 높았다.

"으, 으아아아악!"

그때 유저들 사이에서 소란이 들려왔다. 그곳으로 고개를
돌리자 유저들이 오크를 몰이해서 온 이를 둘러싸고 있었다.

"아, ×발. 제가 총대 메겠습니다. 너 이 ×자식아, 너 때문에
우리 다 뒤질 뻔했어!"

그리고 이어.

퍼지이익!

그 유저가 처참히 로그아웃 당해 버렸다.

'쯧.'

혀를 찬 민혁은 곧이어 자신을 바라보다가 엄지를 치켜세우는 랜을 볼 수 있었다. 민혁은 마주 웃었다.

그렇게 보르디 평지 토벌대가 무사히 끝났다.

토벌대가 끝난 후 병력은 곧바로 이스빈 마을로 돌아가기 시작했다.

보르디 평지에는 '태양의 빛'이라는 게 존재했다. 고블린들로 인해 태양의 빛이 효력을 발휘하지 못한다는 식의 이야기였고 토벌이 끝나자 이제 이스빈 마을 전체에 태양의 밀이 무럭무럭 자랄 거라는 흔한 퀘스트 내용이었다. 보상은 마을로 돌아간 후 4일 후에 병력 훈련소 앞으로 가면 지급해 준다고 하였다.

랜은 아까 전 민혁의 말을 떠올렸다.

'내일 점심 먹지 말라고 했었지?'

그러면서 민혁은 흥분감에 찬 기색으로 말했다.

'편한 옷 입고 엉덩이 긁적이면서 계시면 더 좋을걸요? 마치 숨만 쉬고 싶은 사람처럼요!'

"엉덩이를 긁어?"

랜이 피식 웃으며 허공을 응시했다.

직접 보진 못했지만 민혁이 오크 부족장을 잡았다는 걸 들었다. 그는 천운이라고 생각했다. 이는 분명히 아테네의 신의 제재를 피할 방법이기도 했으니까. 어쩌면 정말 가야 할 물건은 그 사람을 찾아간다는 게 이런 것일까.

'내 제자가 내 미각을 살린다.'

음식이란 것의 맛을 느끼면 어떤 기분일까. 행복할까? 웃음이 날까? 아니면 먹자마자 울게 될까.

그저 기대될 뿐이었다.

한적한 주말. 정말 아무것도 하고 싶지 않은, 숨만 쉬고 싶은 날. 느적느적 1시쯤까지 자다가 잠에서 깨어 출출함을 느낄 때 생각나는 음식이 있다.

바로 짜장면. 단돈 5천 원 정도 하는 짜장면 한 그릇을 먹은 후 소파에 그대로 누워 늘어지게 TV를 보는 그 기분. 그러한 기분을 민혁은 느껴보고 싶었다. 그리고 랜에게도 그걸 느끼게 해주고 싶었고.

민혁은 바로 아테네에 접속했다. 그리고 취사 마차로 들어왔다. 오늘 복귀하는 토벌대들의 중식은 전투식량으로 대체 지급했다. 때문에 랜도 늘어지게 쉬고 있을 터.

민혁은 먼저 짜장면과 짬뽕을 만들었다.

짜장면의 달짝지근하면서도 진득한 그 맛, 그리고 시원하면서도 컬컬한 짬뽕은 필수 아니겠는가? 그는 만들어놓은 뒤에 곧바로 식품 보관 인벤토리에 집어넣었다.

그다음엔 탕수육을 튀긴 후 소스를 만들기 시작했다.

탕수육 소스는 케첩으로도 간장으로도 만들 수 있다. 더 달콤새콤하게 즐기고 싶다면 파인애플이나, 키위와 같은 것을 넣은 과일 소스를 만드는 것도 나쁘지 않다.

민혁은 간장을 택했다. 소스의 준비물은 양파와 당근, 목이버섯, 물, 식초, 설탕, 전분이다. 전분은 소스를 걸쭉하게 만들어주는 역할을 한다.

먼저 양파와 당근 같은 것을 볶는다.

치이이이이익!

양파가 프라이팬에 볶아지는 냄새는 언제나 코를 자극한다. 거기에 당근은 색깔이 밋밋하지 않게 도와준다.

민혁은 이번 요리를 하면서 혼신의 힘을 다하고 있었다. 랜이 처음 먹게 되는 요리였고 물론 자신이 더 맛있게 먹기 위함도 있었다.

모두 볶아졌을 땐, 물을 붓는데, 이 물은 다름 아닌 오크 부족장의 정수를 넣은 물이었다. 물을 부은 상태에서 간장과 설탕을 넣는다. 이때 설탕은 다른 요리보다 훨씬 더 많이 들어가는 편이다.

간이 적당히 맞다 싶을 때 볼에 전분을 부은 후 물을 살살 넣어주면서 잘 저어준다. 그러면 물과 잘 섞이는데, 이때 끓고 있는 소스에 천천히 전분물을 부으며 국자를 저어주면 서서히 걸쭉해지기 시작한다. 적당한 때 불을 끄면 완성이다.

요리를 끝낸 민혁은 이마에서 흐르는 땀을 닦아냈다.

이런 기분은 처음이었다.

자신도 맛있게 먹겠지만, 내 요리를 먹은 랜의 반응은 어떨까? 기뻐하겠지? 맛있겠지? 살면서 처음 맛을 느낀다는 건 어떤 걸까.

많은 생각이 든다.

"완성."

민혁의 말이 끝남과 함께 알림이 들렸다.

[메인 요리를 선택해 주시기 바랍니다.]

식신이 재료를 선택하는 것처럼 여러 가지 음식을 했을 땐, 이렇듯 메인을 선택해야 한다. 그리고 요리를 하거나 스텟을 올리기 위해 먹을 때, 다 먹고 '끝' 혹은 '완성'이라고 하면 기다리는 시간 없이 알림이 뜨는 걸 알 수 있었다.

"탕수육. 버프량 최대한."

음식을 할 때 민혁의 손은 말도 안 될 정도로 빠르게 움직였다. 이미 그는 아테네에 접속해 아테네의 검색 기능을 통해 레시피를 모두 확인한 상태였고, 손도 능숙하게 움직여 준 덕분이었다.

그리고 이어 알림이 들려왔다.

[탕수육을 완성합니다.]

[무아지경. 당신의 '혼신'이 들어간 요리입니다.]

[레어 등급입니다.]

[손재주 1을 획득합니다.]

[명성 2를 획득합니다.]

[업적 포인트 200을 획득합니다.]

7장
주말엔 역시…….

"오……!"

민혁은 작게 감탄했다. 레어 등급의 탕수육이라니!

곧바로 열람해 봤다.

〈탕수육〉

재료 등급: C

등급: 레어 / 제한: 없음

보관일: 7일 / 유지 시간: 24시간

특수 능력:

• 모든 스텟+10

• 치명타 확률+10%

• 미각을 영구적으로 살린다.

설명: 제자가 스승을 위해 혼신의 힘을 다해 만들어냈다. 오크 부족장의 정수로 인해 맛도 더 좋다.

"올레!"

민혁은 양팔을 들어 올리며 기뻐했다. 그 이유 중 하나는 바로 '맛도 더 좋다' 때문이었다.

민혁은 너무 기분이 좋은 나머지 일어나서 짱구의 홀라 춤까지 췄다.

"홀라홀라~ 홀라홀라~"

랜 또한 더 맛있는 탕수육을 먹으니 기분이 좋을 수밖에 없지 않겠는가. 민혁은 탕수육을 재빠르게 식품 보관 인벤토리 안에 넣었다.

'무아지경이라.'

무아지경은 모든 내용이 물음표였다. 탕수육을 만들고 얻은 첫 번째 힌트. 무아지경은 여러 가지 요소에 의해 요리의 등급을 높여줄지도 모른다는 거다.

거기에 업적 포인트. 직업이 가진 스킬마다 필요로 하는 업적 수치를 달성했을 때 혹은 그에 따른 것을 만들어냈을 때 받는 포인트로 나중에 아이템이나, 스킬북으로 교환할 수 있다고 들었다.

민혁은 작은 설렘을 가지고 랜이 오기를 기다렸다.

편안한 복장을 한 랜은 취사 마차 쪽으로 걸음 했다.

제자가 해주는 첫 번째 요리.

'심지어 맛을 느낀다⋯⋯.'

작은 웃음이 감도는 것을 느끼며 취사 마차로 들어갔다.

그를 기다리고 있던 민혁이 활짝 웃었다.

"오늘 숨만 쉬셨나요?"

"⋯⋯숨쉬기도 좀 귀찮네만."

랜은 그의 말에 장단을 맞춰줬다.

"세수는요?"

"안 했네."

"엉덩이는?"

"음⋯⋯."

거기까진 무리였던 듯 작은 신음을 흘렸다.

하지만 민혁은 곧이어 감탄사를 터뜨렸다.

"우와! 정말 한가하시군요."

"뭐."

랜이 머쓱하게 웃었다.

민혁이 그를 취사 마차 안에 펼쳐놓은 테이블 앞으로 앉혔다. 그다음 요리를 식품 보관 인벤토리에서 꺼냈다. 가장 먼저 짜장면과 짬뽕이다. 거의 20인분 정도를 만들었기에 엄청나게 넉넉한 양이다.

민혁이 눈을 가늘게 뜨며 말했다.

"가장 중요한 메인 요리입니다."

탕수육을 꺼냈다. 잘 튀겨진 탕수육은 손으로 만지면 바삭하는 소리가 날 정도로 군침이 돌게 생겼다. 거기에 조금 검은빛이 나는 소스까지.

그가 랜을 보며 작게 웃음 지었다.

"스승님을 위해 준비했습니다. 오크 부족장의 정수가 들어간 탕수육입니다. 정확히는 소스에 들어갔지만요. 후후후……!"

"오."

랜은 작게 감탄했다. 그의 얼굴에 만연했던 미소가 천천히 사라지려 한다. 웃고 싶지만 그럴 수 없었다. 평생 음식의 맛 한번 보지 못했다. 정작 남을 위해 요리하면서도 말이다. 울컥 눈물이 치솟아 오르려고 했다.

그리고 바로 그때.

덥석!

"자네, 지금 뭐 하는 것인가!"

"예? 탕수육 소스를 부으려고 하는 것입니다만?"

"아니, 소스를 부을 거면 왜 튀겼겠나. 튀김은 바삭바삭 먹으려고 튀긴다는 말 안 배웠나? 난 자넬 그렇게 가르친 적 없어!"

찍먹과 부먹이 대립하는 순간이었다. 그 말에 민혁의 손이 탁! 하고 테이블을 내려쳤다.

"스승님, 자고로 탕수육에는 소스를 부어 먹는 법입니다. 그래야 촉촉하면서도 부드러운 튀김옷과 그 안의 고기가 만나 환상의 맛을 자아내지요."

"아니, 자고로 튀김은 바삭바삭한 식감을 위해 먹는 법일세. 그러려면 왜 튀기겠나, 볶아 먹지!"

"스승님은 맛도 못 느끼시잖아요. 그래서 아직 부먹 안 해봤죠?"

"어허, 맛을 몰라도 그 정도는 알지! 나도 튀김 먹으면 귀에서 바삭거리는 소리는 들려!"

"이익……!"

"으윽……!"

두 사람이 팽팽하게 맞섰다. 그리고 이어서 민혁이 말했다.

"그럼 제가 논리적으로 설명드리겠습니다."

"해보게."

"소스를 부어야 하는 이유. 스승님, 음식을 남기는 건 매우 나쁜 일이지요?"

"그렇지."

"찍먹하면 소스를 더 많이 버리게 되고 부먹은 최소한의 음식물 쓰레기만 나옵니다!"

'……이럴 수가!'

논리적이다.

그렇다. 민혁은 최소 배우신 분이었던 것이다!

이내 랜은 피식 웃었다.

"큭."

"후후."

"하하하하하하!"

"헤헤."

두 사람은 웃고 말았다.

민혁이 곧이어 탕수육 중 일부를 따로 뺐다. 반은 부어 먹고 반은 찍어 먹으면 되는 것. 그저 그 울적한 분위기가 싫었을 뿐이다. 물론 그가 부먹파라는 건 변치 않았지만.

"오호, 이렇게 하면 식감이 있는 탕수육도, 부드러운 탕수육도 둘 다 먹을 수 있군."

"그렇습죠."

"자, 먹지."

"먼저 이거부터 드세요."

민혁은 랜에게 소스가 부어진 탕수육부터 권했다. 그는 찍먹파이긴 했으나 미각을 살리기 위해 그것을 먼저 먹었다.

와삭-

부은 지 얼마 안 돼 아직은 바삭했다.

와삭와삭-

씹을수록 입안에서 더 부드러워진다.

희미하다. 아주 희미하게 혀끝으로 뭔가 느껴진다. 그것은 아주아주 천천히 달콤한 느낌을 준다. 그리고 곧 입안에서 달콤하고 육즙 가득한 탕수육 맛이 난다.

맛이 느껴진다. 평생을 음식을 먹으면 흙을 씹는 것 같았다. 남들이 자신의 요리를 먹고 기뻐할 때, 자신은 아니었다.

"맛있군."

곧 랜은 앞에 놓여 있는 짜장면을 집었다.

"이건 이렇게 먹는 겁니다."

민혁이 먼저 검은 빛이 나는 면을 크게 집어 들었다.

그리고.

"후루루루루룹!"

한 번도 끊지 않고 짜장면을 입안 가득 넣었다. 그다음 단무지 하나를 쏘옥 넣었다.

아삭아삭-

기름진 맛이 나는 짜장면과 단무지가 어울려 찰떡궁합을 자랑한다. 잘 볶아진 고기나, 양파와 같은 것을 가져가 먹어본다. 고기는 춘장과 만나 더 깊은 맛을 냈고 양파는 아삭아삭 맛있게 씹혔다.

곧이어서 랜도 따라서 먹어봤다.

"후루루루루룹!"

"잘하시는군요."

랜은 눈을 감고 맛을 음미했다. 입가에 웃음이 감돈다.

민혁은 곧바로 짬뽕을 권했다.

"그건 조금 매울 수도 있습니다."

"후루루루루룹!"

랜은 복습도 잘했다. 면을 크게 들어 흡입하고는 입안의 얼얼함을 느낀다. 그리고 단무지를 서둘러 가져다 씹는다. 그다음 그릇을 들어서 국물을 후루루룹! 칼칼한 맛과 가득 들어간 해산물 맛이 일품이다.

"어째서지? 이게 맵다는 느낌의 맛이 분명한데, 시원하다는 느낌도 들어."

"그것이 바로 짬뽕의 묘미입니다!"

민혁의 대답에 랜이 빙긋 웃었다.

"정말 맛있군!"

맛있다. 이 석 자. 너무나도 흔하게 모든 사람이 쓰는 말. 그 간절했던 말을 랜이 뱉어냈다.

"정말이야, 진짜로 맛있어."

민혁은 웃었다. 그리고 이어서.

"후루루루루룹!"

폭풍 흡입을 시작했다. 맞은편의 랜도 마찬가지였다.

이민화가 다급하게 어딘가로 전화하고 있었다.

"거기 중국집이죠? 네, 여기 아테네 건물 7층인데요. 네네, 짜장면하고 짬뽕, 그리고 탕수육도요."

"여, 여기 간짜장 하나 추가요!"

이민화가 슬쩍 고개를 돌렸다. 어느새 온 건지 고객 센터 선욱이 와 있었다.

"예, 간짜장도 하나 추가해 주세요~"

전화를 끊은 이민화가 선욱을 돌아봤다.

"언제 오셨어요?"

"방금. 와…… 근데 저 둘 너무 맛있게 먹는다."

"그러게."

선욱이 말하고 박 팀장이 답했다.

"근데 저희 이렇게 넋 놓고 있을 때 아니지 않아요?"

이민화의 말에 박 팀장이 서둘러 정신을 차렸다.

짜장면 먹방에 정신이 나갔었다.

"그렇지, 혹시나 했던 걸 진짜 얻네. 휴……."

"얻어요? 뭐요?"

"황혼의 요리사 블랙. 그가 얻기로 예정된 아티팩트."

"김석현 말하는 거죠? 그 사람이 얻기로 되어 있던 거 저 유저가 얻는 거예요?"

박 팀장이 고개를 끄덕이자 선욱이 피식 웃었다.

"근데 두 분 저 유저한테 너무 걱정 많이 하시는 거 아니에요? 요리하는 스킬, 거기에 먹으면 스텟 오르는 거. 저 유저가 아무리 강해도 밸붕 나올 정도로 강하진 않을 것 같은데. 또 성격 보면 버프 뿌리고 다닐 것 같지도 않고. 다른 신 클래스 봐요. 데스나이트 소환하고 난리도 그런 난리가 없더만."

일단 메인이 되어줄 스킬이 없으니까. 그 말에 이민화가 고개를 저으며 모니터 속 민혁을 바라보며 말했다.

"정말……."

그 뒷말은 박 팀장이 이었다.

"스텟만 얻을 것 같아?"

"그럼 다른 걸 얻기라도 한다는 거예요?"

"2차 전직하면 알게 된다."

"뭔데요, 말해줘요!"

그 말에 이민화와 박 팀장이 서로를 바라보고 말했다.

"비밀."

"비밀!"

랜이 잠시 나갔다 오겠다며 취사 마차를 나섰다. 마지막 남은 탕수육 소스까지 먹어치운 민혁은 흐뭇한 표정으로 말했다.

"정복 완료!"

민혁에겐 버프 효과가 생기지 않았다. 한 접시의 요리에, 그리고 버프량을 높인 요리의 버프를 얻을 수 있는 건 딱 한 명뿐이다. 그리고 이 한 요리의 기준은 아마도 인터넷에 표기된 짜장면 한 그릇 칼로리와 같은 것으로 책정되어 있을 것이다.

'하…… 이제 태양의 밀을 보상으로 받으면.'

무엇을 해 먹어볼까?

행복한 고민이다.

계란물을 식빵에 묻히고 프라이팬에 노릇노릇 구워서 설탕을 뿌려 먹어볼까? 또 아니면 칼국수를 만들어서 잘 익은 김치와 함께 먹어볼까.

이것은 정말이지 행복한 상상 그 자체라고 할 수 있을 것이다.

그때 안으로 랜이 들어왔다. 손에는 천에 감싸진 정체 모를 무언가가 들려 있었다.

랜은 기분이 좋았다.

'아테네의 신? 엿이나 먹으라고 해!'

민혁이 퀘스트를 받은 건 아니지만, 그는 완료해야 할 것을 이미 끝냈다. 그리고 랜의 미각을 살아나게 했다.

그럼 보상은?

당연히 민혁이 가져가야 한다.

'역시…….'

그리고 민혁은 본인의 생각처럼 퀘스트로 이어졌다는 걸 알았다. 어째서 알림이 들리지 않았는지는 의문이다.

곧이어 랜이 천을 걷어냈다. 그러자 모습을 드러낸 것은 자루 끝부분이 아주 화려한 피닉스 문양으로 정교하게 장식된 식칼이었다.

[엘레의 식칼을 얻을 수 있습니다.]

[명성이 10 증가합니다.]
[손재주에 관련된 모든 스킬을 익힐 수 있게 됩니다.]

퀘스트에 관련한 알림은 들리지 않았다. 하지만 보상 알림은 들렸다. 손재주에 관련된 모든 스킬을 익힐 수 있다고.

유저들의 경우 생산직 스킬을 익힐 수 있다. 요리, 수리, 제작, 낚시, 그림 그리기, 조각 등.

그렇지만 익힐 수 있는 한계가 존재하며 보통 200레벨 전에 1개 400레벨 때 2개가 가능하다고 알고 있다.

그리고 랜은 그에게 말했다.

"내 제자에게 주는 선물이야."

그가 부드럽게 웃었다.

"이렇게 과분한 걸……."

"안 받을 건 아니잖나?"

"그럼요. 잘 쓰겠습니다!"

민혁은 식칼에 손을 뻗었다. 그러자 순간 자루가 꿈틀거리는 듯한 느낌을 받았다. 그는 의아한 표정을 짓다가 곧바로 확인해 봤다.

(엘레의 식칼)

등급: 에픽

제한: 1차 제한 없음, 2차 제한 레벨 120

내구도: ∞/∞

공격력: 50

1차 특수 능력:

- 손재주 습득률×4

- 손재주+40

- 검에 장착 가능

- 자동세척 가능

- 다양한 도구로 변경 가능

2차 특수 능력:

- 봉인

- 봉인

- 봉인

설명: 여제가 이필립스 제국 최고의 요리사인 랜에게 하사한 아티팩트.

'오…….'

신비한 아티팩트다.

심지어 내구도가 무한으로 되어 있었다. 아테네에서의 내구도 무한은 다른 게임과 개념이 달랐다. 실제로 전투 도중 날이 나가거나, 부식되지 않는 개념이 아니다. 만약, 날이 나가거나 무뎌지거나, 혹은 부식되었어도 24시간 내로 아티팩트가 스스로 완전히 수리되어 무한이라고 붙여진 것이다.

'2차 제한이라는 게 뭐지?'

민혁은 상세 설명을 통해서 확인해 봤다.

[2차 제한은 성장형 아티팩트를 뜻합니다. 1차 제한과 2차 제한까지 풀어낼 시에 모든 제한이 풀립니다.]

쉽게 표현하면 첫 번째 제한을 풀어 사용하다가 민혁이 120레벨이 되면 '봉인'이라고 써진 부분이 풀린다는 거다.

민혁은 정말 꼭 마음에 들었다. 그 이유는 하나.

'손재주 스텟 습득률이 네 배라니!'

손재주는 곧 '맛'. 랜이 준 것다운 민혁에게 꼭 필요한 아티팩트였다.

"어떤가, 마음에 드는가?"

"네에, 너무너무 좋아요! 근데 검에 장착 가능은 뭔가요?"

민혁은 고개를 갸웃했다.

"자네의 검에 식칼을 가져가 보세."

민혁이 식칼을 검에 가져가는 순간이었다.

[엘레의 식칼을 발란의 검에 장착시키시겠습니까?]

'네.'

그러자 놀라운 일이 벌어졌다. 식칼이 꾸물거리며 액체처럼 변화하더니 발란의 검에 달라붙어 흡수되기 시작했다.

'헉······!'

흡수가 끝나자 발란의 검이 옅은 빛을 머금었고, 그 빛이 완전히 걷어졌을 때 검의 외형이 변해 있었다.

"엘레의 식칼은 장착 아티팩트이지, 그리고 그 상태로 식칼과 같은 요리 도구 혹은 대장간용 망치나, 낚싯대 같은 거로도 변경이 된다네. 또 자동세척 기능을 통해서 항상 청결을 유지할 수도 있지."

변화된 발란의 검은 그립 부분에 피닉스의 문양이 그려져 있었으며 문양을 중심으로 그립 전체에서 붉은빛이 감돌았다.

민혁은 곧바로 확인해 봤다.

〈엘레의 검〉

등급: 에픽

제한: 1차 제한 없음, 2차 제한 레벨 120

공격력: 211+50

특수 능력:

• 힘+4, 민첩+3

• 스킬 용맹의 일격

1차 특수 능력:

• 손재주 습득률×4

······.

말 그대로 장착이었다. 엘레의 식칼을 발란의 검에 장착함으로써 공격력이 50 증가하고, 이렇게 장착해서 착용하고 있으면 특수 능력에 있는 손재주 증가 같은 효과도 볼 수 있으니 생각보다 대단한 아티팩트였다.

　민혁은 흡족한 미소를 지어 보였다.

　"감사합니다, 스승님!"

　"그 검의 엘레가 누구인지 알겠지?"

　물론 민혁도 확인했다. 이필립스 제국의 여자 황제 엘레. 그녀가 랜에게 하사한 물건이었다.

　"네, 그것보다 스승님은 정말 대단한 것 같습니다. 여제에게 검을 하사받다니."

　랜은 그 말에 빙그레 웃었다. 그리고 이어 말했다.

　"한때 내 연인이었거든."

　랜은 씁쓸한 미소를 지었다.

　"난 예전에 황궁 요리사였다네."

　"여, 역시 예사롭지 않으신 분이셨군요."

　"엘레는 내 요리를 참으로 좋아했어, 전 황제가 병마에 시달리고 어린 나이에 황제가 되어야 한다는 사실에 무척이나 힘들어했지, 그럴 때마다 내 음식을 먹고 힘을 얻었거든."

　민혁은 슬슬 감이 오기 시작했다.

　"하지만 결국 일개 요리사인 나와 그녀가 이루어질 수 있을

리가 없지, 그를 우려한 신하들이 내게 누명을 씌워 나를 황궁에서 몰아냈지. 황궁을 떠나기 전날."

그는 추억을 회상하는 표정이었다.

"나는 그녀와 약속한 게 있다네."

민혁은 귀를 기울였다.

"그녀의 아버지 엘렌 폐하께선 검의 대제라 불리셨지, 그녀 또한 천재라는 이름에 손색이 없었고 그 이름을 계승하기 위한 검의 경지에 이르렀을 때 그녀에게 아주 맛있는 요리를 대접해 주겠다고."

"오오오오……! 정말이지 멋집니다."

어쩌면 그것은 랜이 자신을 떠나고 슬퍼하지 아니하고 원하는 바를 위해 달리라는 뜻이 내재 되어 있을지 모른다.

"얼마 전, 그녀가 전 황제 엘렌 폐하를 뛰어넘었다는 이야기를 듣게 되었네."

"그럼 이제 황궁으로 가시는 건가요?"

"아니."

민혁은 그 말에 의아한 표정을 지었다.

"그녀의 신하들이 내가 황궁 안으로 들어갈 수 있게 해줄 리가 없지."

민혁은 고개를 주억였다.

충분히 그럴듯했다. 말을 들어보니 여제는 요즘 최고의 전성기를 맞이한 듯했다. 신하들은 이 중요한 시기에 사랑 놀이

하는 그녀를 보고 싶진 않을 터.

"그래서 자네에게 한 가지를 부탁하지."

"부탁이요?"

"그래. 나를 대신하여 여제에게 요리를 해주게."

[연계 퀘스트: 엘레 만나기]

등급: B

제한: 랜이 인정한 자

보상: 경험치 15,000

실패 시 패널티: 없음

설명: 랜의 인정을 받은 당신. 랜은 자신을 대신하여 여제에게 요리해 주길 원하고 있다.

"알겠습니다."

"고맙네."

랜은 작게 웃음 지었다.

일단 수락한 민혁이었지만 사실 이 퀘스트를 진행할지는 아직 미지수였다. 그는 먹을 것을 위해 게임을 하는 사람 아니었던가. 더군다나, 여제라면 민혁이 만나고 싶다고 해서 만날 수 있는 사람도 아니었다.

또 랜의 말을 들어보면 황궁에 가서 '내가 랜의 제자다!'라고 말하면 쫓겨날 확률이 높았다. 어떻게든 여제와 만날 방법을 만들어야 한다는 건데 쉽지 않아 보였다. 물론 보상도 녹록지는 않겠지만, 그에게 보상보단 먹을 것 아니던가?

"자네는 이제 귀환석을 사용하나?"

"아니요."

토벌대 자체가 끝나면 유저들은 대부분 귀환석을 사용해 마을로 복귀한다. 현재 복귀하는 토벌대 중 유저는 민혁뿐이었다.

"이 근방의 몬스터들을 사냥하면 추가로 태양의 밀을 얻을 수 있지 않습니까?"

민혁은 토벌이 끝나고 추가 알림을 듣게 되었는데, 이 근방의 고블린과 같은 몬스터들을 사냥하면 이제부터 태양의 밀이 드랍된다는 이야기였다. 물론 다른 유저들은 관심 없는 표정으로 전부 귀환석을 사용했다.

"그렇지."

"그 녀석들 좀 잡을 생각입니다."

"혼자서?"

"예."

"하긴, 자네라면……."

그도 민혁의 실력을 직접 봤기에 우려는 없었다.

민혁은 다시 한번 고개를 숙여 보였다.

"그동안 감사했습니다!"

랜은 작은 웃음을 지어줬다.

"다음에 먹방 배틀? 한 번 하세."

"후후후후, 쉽지 않으실 텐데요."

"나도 만만치 않다는 거 명심하게."

곧 민혁이 취사 마차를 나섰다.

15분 후. 황혼의 요리사 블랙이 마차를 타고 가다가 복귀하는 토벌대를 발견할 수 있었다.

'20억 정도면 충분하겠지, 아마 날 목 빠지게 기다리고 있겠군.'

블랙은 짙은 웃음을 지었다. 그리고 랜을 통해서 현재 진행 중인 연계 퀘스트를 진행했다. 지금까지 얻은 힌트로 알아낸 결과, 퀘스트를 완료하면 여제가 하사한 보물을 얻을 수 있었다. 그리고 퀘스트를 더 진행한다면 검의 대제라는 이름으로도 불리는 엘레의 에픽 등급 검술도 배울 수 있다는 내용도 말이다. 천대받고 약하다고 무시 받는 요리사로서 에픽 등급의 스킬 하나 정도를 가지고 있다면 어마어마한 힘을 발휘할 것이다.

블랙의 마차가 멈추어 섰다.

"히히힝!"

말이 작게 울었다.

"이곳에 요리 잘하는 조리병이 있다고 들었습니다."

그 말에 발드는 경계했다. 그도 민혁과의 친밀도가 극에 달해 그를 매우 아끼고 있었기 때문이다.

"그에게 용무는?"

"아, 실력이 뛰어나다 하여 제안할 게 있어서입니다."

그런 의도라면야. 하지만 애석하게도 그는 아까, 혼자서 다시 보르디 평지 쪽으로 가지 않았던가.

"그는 갔다네."

"예? 그게 무슨 소리입니까?"

"토벌이 끝났지 않나."

"아, 아니. 그럴 리가 없는데?"

블랙은 의아한 표정을 지었다. 자신이 찾아오길 기다리고 있을 거라고 생각했으니까.

그러니까, 그렇게 힌트도 떡떡 던지지 않았겠는가? 그가 생각하는 힌트는 그가 유저들에게도 버프 요리를 공짜로 나눠준 거다. 그렇게 하면 자신에 대해서 빠르게 정보가 퍼져 나가 위치도 알려져서 찾아올 거라고. 참으로 머리를 쓰는 자라고 생각했건만?

"뭘 그렇게 놀라는가, 토벌이 끝났으니 이방인은 돌아가는 게 맞지."

"그, 그럴 수가……!"

그런 생각을 하던 블랙이 입술을 깨물었다. 그러다 속을 진정시켰다.

'후, 아니야. 어차피 난 이곳에 왔어야 했어. 에픽 아티팩트.'

그가 씨익 웃었다.

"취사 마차는 어딨죠?"

"저기."

발드가 취사 마차를 가리켰다.

때마침 그 안에서 랜이 걸어 나왔다. 그는 민혁처럼 빵을 먹으며 흐뭇한 미소를 짓고 있었다.

"당신이 랜입니까?"

"맞네만."

"전 황혼의 요리사 블랙이라고 합니다."

"그렇군."

"……자, 이제 제게 하실 말씀 없으십니까?"

"없는데? 우물우물."

랜은 빵을 먹으면서 태연하게 대답했다.

"퀘, 퀘스트가 당신한테 오라고 했는데!"

"아, 그거. 미안하지만 그건 내 제자가 이미 받아갔다네."

"무슨 말도 안 되는 소리야!"

"이거 미안하게 됐군, 그렇지만 이미 내 제자가 퀘스트를 진행해서 가져간 걸 어떻게 하겠나?"

랜은 그러면서 그의 어깨를 툭툭 두들겨 줬다.

블랙이 부들부들 몸을 떨며 말했다.

"그, 그럼 에픽 아티팩트는……?"

"없지."

"그럼 다른 건 없습니까?"

"다른 거라…… 미안하지만 줄 수 있는 게 없군. 출출할 텐데, 이거라도 드시게."

그것은 빵이었다.

"고생했네."

"……."

그걸 내려다보는 블랙의 손이 부들부들 떨렸다. 자그마치 2개월 동안 진행한 퀘스트였다. 에픽 아티팩트, 더 나아가 여제의 검술까지 섭렵할 수 있을지도 모르는 퀘스트였다.

그런데 고작 이깟 빵이라니?

퍼엇!

그가 빵을 바닥에 던졌다. 그리고 씩씩거리며 짓밟았다.

그 모습을 보며 랜은 눈을 가늘게 떴다.

"내가 올바른 주인한테 선물을 준 게 맞는 것 같군. 앞으로 영원히 후회할 일은 없을 것 같아."

"지금 그 말은 나보다 그 새끼가 낫다는 거냐?"

그는 화가 끓어올랐다. 랜은 그 정체 모를 요리사와 자신을 비교해서 말했으니까.

누구보다 최고인 자신보다 그놈이 낫다니!

"거냐? 그래, 내 제자가 너같이 음식 귀한 줄 모르는 새끼보다 훨씬 낫다. 내 제자는 이런 딱딱한 빵 하나도 소중히 여겨. 이런 놈이 무슨 황혼의 요리사라고."

랜이 혀를 끌끌 차는 것을 본 블랙은 좌절했다.

'아, 안 돼!'

너무 화가 나서 인지하지 못했다. 랜은 뛰어난 요리사라고 했다. 혹시 다른 떡고물이 떨어질지도 모른다.

"제가 잘못했습니다. 너무 화가 나서 그랬습니다. 제발 퀘스트 주십시오."

"꺼져!"

블랙은 허탈해졌다. 그리고 그때였다.

"랜. 우리 신병이 떠났다는 게 사실인가?"

"떠났지."

"안 돼! 내 아름다운 딸과 결혼 약속(?)을 했는데!"

"안 돼! 나 퀘스트 받아야 해! 빵 말고 퀘스트 줘!"

그러다 두 사람의 눈이 마주쳤다. 베네토가 호오라 하는 표정을 지었다.

"자네, 참 잘생겼군. 혹시 예쁜 내 딸아이 소개받을 생각 없는가?"

'이, 이건 또 뭐야!'

그러면서 베네토는 민혁에게 보여주었던 것을 그에게도 보여줬다.

"으, 으아아아악, 제기라알!"

블랙은 머리를 감싸 쥐고 비명을 질렀다.

접속을 종료한 민혁은 의자에 앉아 방울토마토를 먹다가 각종 영양제를 꺼내 입안에 털어 넣었다.

"흐아……. 왜 영양제는 고기 맛 나는 게 없는 것이더냐."

자연에도 살이 포동포동한 동물들이 뛰어다니거늘. 어찌 영양제에는 그처럼 고기 맛 나는 게 없는 것인가!

그런 생각을 하면서 민혁은 앞으로의 일정을 정리했다.

'일단 토벌대가 복귀할 때까지 태양의 밀 얻는 데 주력해야지.'

발드는 특별히 민혁에게 남들보다 세 배의 태양의 밀을 보상으로 준다고 했다. 하지만 그가 먹어치우는 속도를 보자면 금방 동이 날 거다.

그리고 민혁의 직업란 옆에 붙어 있는 %. 그게 지금 90%를 육박하고 있었다.

'하나하나 풀어가는 것도 의외로 재밌네.'

먹는 것뿐만 아니라, 이러한 시스템도 꽤 즐거운 것 같다. 그런 생각을 하다 민혁은 아테네 공식 홈페이지에 접속했다.

그리고 '엘레'라고 검색했다. 아직 할지 말지 미정이긴 했지만, 혹시 모른다.

'뭐, 맛있는 거 나올지도? 흐…….'

그렇게 검색하자 관련 검색 글이 꽤 많았다.

[와, 오늘 황제의 도시 갔다가 여제 엘레 봄…… 진짜 개 이쁨……

다리 힘 풀릴 뻔…….]

  -kdkcm15: 프러포즈 ㄱㄱ, 용기 있는 자가 미녀를 얻는다.

  -미녀는사과를좋아해: 오, 국제결혼을 뛰어넘는 가상 결혼.

일단 미녀라는 칭찬이 엄청났다.

그다음 글들.

[님들. 저 여제 행차 때, 여제 검술 배우고 싶어서 패기 있게 '내가 검의 악마다! 나를 제자로 받아달라!'고 외쳤다가 지하 감옥에 갇힘 ㅠㅠ 흐어어엉, 징역 10년 받음……. 구해주실 분……ㅠㅠ]

  -hjbja52: 현웃ㅋㅋㅋㅋㅋ 캐삭 각ㅋㅋㅋㅋㅋ

  -에비츄각: 파프리카 방송으로 실시간 게임에서 감옥살이하는 거 생중계해 보셈ㅋㅋㅋㅋ 개꿀잼 예상ㅋㅋㅋㅋㅋㅋ

  -nbhyqwm7: 아, 님들 저 심각해요 ㅠㅠㅠ 저 좀 구해주실 분ㅠㅠ?

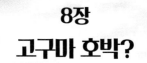

8장
고구마 호박?

민혁은 피식하고 웃을 수밖에 없었다.

'감옥에 갇힌 유저라니.'

관련 글은 계속해서 나왔다.

[여제가 자기 후계자 찾고 있다는 거 리얼 팩트임?]

-hkdad31: ㅇㅇ 리얼팩트. 일단 개방되어 있는 조건 하나가 있는데, 그거 진짜 어려워요. 이번에 이필립스 제국에서 진행하는 대회에서 우승해야 합니다.

"대회?"

아테네는 자주자주 대회가 열렸다. 각각의 대회는 하나의 이벤트로 진행되는 경우가 많았다. 그리고 이 대회를 통해서 실력 있는 자들이 유명세를 얻기도 하는 편이다.

민혁은 계속해서 그와 관련한 내용을 살펴봤다.

[이번 이필립스에서 개최하는 대회 개꿀잼 예상 아닙니까?]

-자라나라머리: 저도 꾸르잼 예상 중입니다. 대회 참가자가 너무 지려요……. 사실상 우승도 확정된 상태이지 않을까 싶습니다.

-afhj125: ㅇㅈ……. 이번 대회 참가자가 우리나라 랭킹 3위 카인의 실제 여동생……. 더 놀라운 건 카인보다도 피지컬이면 피지컬, 실력이면 실력, 거기에 전설 클래스까지. 모든 게 압도적이라고 합니다. 아직 레벨이 낮아서 그렇지.

"호오……."

랭킹 3위라……. 민혁은 계속 확인해 봤다.

[이번 대회 방식 관련해서 자료 올립니다. 먼저 작은 섬에서 참가자들 전원이 함께 시작합니다. 지도 확인해 보세요.]

민혁은 지도를 클릭했다.

아주 작은 섬을 나타내고 있었다. 아직 이 섬에서 무엇을 할진 정확히 밝혀지지 않았다. 몬스터를 사냥할 수도, 유저들끼리 싸울 수도 있다고 한다.

그러던 중 민혁의 시선이 중앙에 머물렀다.

"어……?"

그는 거기에서 멈출 수밖에 없었다.

섬의 중앙에 위치한 것. 그것은 다름 아닌, 편의점이었다. 그것도 우리나라 3사 편의점의 로고가 떠올라 있었다.

"헉? 이, 이게 뭐야?"

민혁은 놀란 음성을 흘리며 이필립스 제국 편의점으로 검색해 봤다.

[이번 대회 섬에 있는 편의점 뭔지 아시는 분?]

-세븐딜레븐: 안녕하세요, 호갱님, 여러분을 위해 저희가 준비했습니다. 비싼 값에 많이 이용해 주세요.

-faddadd5413: 위에 진짜 관계자면 현웃ㅎㅎ 편의점. 경기 진행하면서 유저들 휴게소로 사용된답니다. 안에 있는 먹거리들 마음껏 이용해도 된다고 하네요. 듣기론 국내 편의점 브랜드 전부 통합한 거라 없는 게 없다네요.

"와……!"

없던 관심이 생겨났다. 분명히 조금 전까지만 해도 민혁은 그저 확인이나 해보자 하는 심산으로 보던 중이었다. 그런데 편의점이 있단다.

민혁은 떠올려 봤다. 새벽 2시에 모두가 잠든 시각. 집에서 야식을 챙겨 먹으면 모두가 잠에서 깨어날지도 모른다.

슬금슬금 까치발로 현관문까지 간다. 이때 문이 열리며 나는 '띠리릭' 소리가 나지 않도록 열림 버튼을 눌러서 문을 열고 조심스레 닫은 다음 집을 나선다.

그리고 멀지 않은 곳에 있는 편의점으로 향한다. 그곳에서 컵라면과 삼각김밥, 핫바 하나를 사서 전자레인지에 돌린다.

이때 날씨는 춥지도 덥지도 않은 밤 날씨면 참으로 좋을 것이다.

삼각김밥은 편의점계의 황태자라 불리는 전주비빔, 혹은 '야식을 참지마요'와 같은 참치마요라면 최고다.

라면 뚜껑을 열고 김이 모락모락 피어나는 그것에 젓가락을 집어넣어 휘휘 저어 잘 풀어준다.

그다음, 후루루루룩 먹는다.

삼각김밥을 우물거리다가 목이 멘다 싶을 때, 라면 국물을 한 번 들이키면.

"크하!"

자신도 모르게 상상한 민혁이 감탄사를 터뜨려 버렸다. 거기에 더해져 그 도톰하고 담백한 맛이 나는 핫바를 입에 넣고 씹으면?

우물우물-

민혁의 입이 자신도 모르게 절로 움직였다.

그뿐인가? 요새 신상으로 나왔다는 마니스톱의 녹차아이스크림을 후식으로 먹으면서 집으로 돌아가 주면 최고라는 거다.

'편의점엔 없는 게 없지!'

없던 관심이 증폭되며 무엇을 할지 정해지는 순간이었다.

'대회에 참가한다……!'

민혁은 검색에 더욱더 열을 올렸다.

일단 종합하여 발표된 정보는 이러했다.

"80레벨만 참가 가능."

그 이유는 80레벨이 딱 초보 딱지를 어느 정도 벗는 시점이기 때문이었다. 더군다나, 사람들은 의외로 고렙보다 저렙들의 전투를 좋아했다. 간혹 히든, 시크릿 클래스, 또는 전설 클래스가 나타나서 기대감을 더해주기 때문이었다.

그래서 이번 대회에는 많은 랭커들이 VIP석에서 관전할 예정이라고 하였다.

그 명단엔 익숙한 이름이 한 명 있었다.

'알리샤?'

민혁에게 밥을 사주기로 했던 그녀다. 민혁은 자신의 상태창을 휴대폰으로 열람해 봤다.

(민혁)

레벨: 22

손재주 스텟의 경우 꽤 많이 올랐다. 온종일 요리만 해서 먹는 민혁이었기에 가능한 일일 것이다. 그리고 대회 참가를 위한 레벨이 자그마치 58이나 모자랐다.

　민혁은 자신이 이럴 시간이 없다는 걸 깨닫고 몸을 일으켜 아테네 접속 캡슐로 걸음 했다.

　사흘 동안 민혁의 사냥과 먹자 본능은 쉬지 않고 이어졌다. 어느덧 레벨을 55까지 단숨에 올린 민혁이었다.

　그는 신 클래스로 인해 레벨업 시 필요 경험치가 다른 이들의 3배나 필요했지만, 그마저도 무시할 정도로 사냥하는 속도가 빨랐다.

　"이 맛없는 한약 같은 놈들!"

　"쮜이이익, 이, 인간…… 미친 인간이다……!"

　민혁의 알 수 없는 말을 들으며 싸우던 오크들이 허물어졌다.

　"후우."

　고르게 호흡을 쉰 민혁은 스텟창을 열람해 봤다.

(민혁)

레벨: 55

직업: 식신(食神) 100%

HP: 1,239 MP: 360

힘: 220+17 민첩: 117+35 체력: 100+15

지혜: 25+11 지력: 25+11 손재주: 41+40

카리스마: 2 명성: 50

포만도: 100%

보너스 포인트: 0

민혁은 요리를 꾸준히 했다. 습득률 네 배가 되자 매우 빠른 속도로 손재주가 상승하고 있었다.

"오?"

민혁은 자신이 사냥한 오크들이 떨어뜨린 것들을 보던 중 스킬북을 발견했다. 스킬북은 몬스터를 잡아서도 얻을 수 있었다.

[오크의 어금니를 획득합니다.]

[315골드를 획득합니다.]

[전사의 함성 스킬북을 획득합니다.]

민혁은 지체하지 않고 곧바로 확인해 봤다.

(전사의 함성)

엑티브 스킬

등급: 레어

제한: 힘 100, 민첩 100

소요 마력: 50 / 쿨타임: 3분

효과:

• 함성을 터뜨려 60% 확률로 주변의 적을 어그로 끈다. 대상과의 레벨 차이에 따라서 확률이 달라진다.

나쁘지 않은 스킬이었다. 전사형 유저가 많이 익히는 편이지만, 이 정도면 충분히 익혀도 되겠다 싶었다.

스킬북은 손을 올려 습득한다고 말하면 익힐 수 있었다.

"습득한다."

하지만.

[습득할 수 없습니다.]

"……어?"

민혁은 의아한 표정을 지었다.

'습득할 수 없다니?'

이해되지 않았다. 제한도 모두 충족하고 있었기 때문이다.

'뭐야, 난 이런 스킬 익히지도 못한다는 거야?'

어째서 다른 유저들은 되는데, 자신은 안 되는 건가.

그에 민혁은 의아한 표정으로 그 자리에서 아테네 공식 홈페이지를 검색해 봤다.

[스킬북 습득이 되지 않는 특수한 경우가 뭔가요?]

-kbmbmvm73: 간단합니다. 스킬북으로 익힐 수 있는 개수를 초과할 시, 제한이 걸려 있을 시, 또는 정말 정말 희귀하지만 본인이 가진 클래스 자체가 다른 방법으로 스킬을 얻는 경우가 있습니다.

"……응?"

민혁은 고개를 갸웃했다.

다른 방법으로 스킬을 익힌다?

생각해 보면 자신의 경우 랜이나 로이나에게 스킬을 배울 땐 문제가 없었다. 그 말은 NPC들을 통해서 얻는 스킬은 변함없이 배울 수 있다는 거였다.

그다음 계속해서 검색해 봤다. 대부분 클래스 특성에 의해 특수한 경우 익히지 못한다 했고 그 외에는 두 가지 경우가 존재하는데, 가진 스킬들이 너무 특별해서 얻을 수 없거나, 혹은 정말 다른 방법이 존재하거나, 라고 했다.

'흠……'

스킬을 익히는 것도 나름 하나의 쏠쏠한 재미인 게 아테네이다.

'이건 팔아야겠네.'

이제 마을로 돌아가야 할 때였다. 민혁은 귀환석을 사용했다.

병력 훈련소 앞에는 병사 란드가 얼마 전 토벌을 완료한 자들에게 보상을 주고 있었다. 그리고 민혁을 본 그가 반가운 얼굴을 했다.

"오, 왔는가 발드 대장님께서 자네를 기다리고 계시네."

"어디 계신가요?"

"저쪽에 계신다네."

"옙, 감사합니다."

"참, 베네토가 자넬 많이 찾던데?"

'이크……!'

민혁은 서둘러서 발드에게 다가갔다.

발드가 반가운 기색을 보였다.

"오, 자네 왔군. 참 약속했던 세 배의 태양의 밀은 란드가 지급해 줄걸세. 그리고 이건 특별 보상일세."

"네?"

발드가 건네주는 건 다름 아닌 황금색 열쇠였다. 민혁은 의아한 표정으로 그 열쇠를 받아 들었다.

[토벌대 기여도 1위 보상으로 히든 던전으로 가는 열쇠를 얻을 수 있습니다.]

[명성 10을 획득합니다.]

"자네가 이번 토벌대 기여도 1위를 기록했기 때문에 추가 보상으로 주는 것일세. 열쇠 사용법은 알겠지?"

"물론입니다."

민혁은 이러한 열쇠에 대해서 알고 있다. 해당 던전의 문을 여는 열쇠이거나 혹은 꽉 쥔 후에 '이동한다'라고 말하면 그 던전으로 이동할 수 있다.

황금 열쇠는 매우 얻기 힘들다. 거기에 히든 던전, 혹은 최초 발견 던전은 발견 후에 나가기 전까지 경험치와 드랍률이 두 배가 된다.

'어쩌면 더 빨리 80레벨을 채울 수 있으려나?'

민혁이 그런 생각을 하던 때였다.

"그곳에 가면 먹을 게 있다고 들었는데. 이는 자네에게만 알려주는 거네."

발드는 토벌대장이기도 했지만 특별한 NPC이기도 했다. 그 때문에 이 히든 던전에 대해 알고 있었다. 또한, 그와 민혁의 친밀도가 최고치를 찍었기에 말해줄 수 있었던 것.

"오오오오…… 맛있는 거요?"

민혁은 그에 감탄했다.

어떤 맛있는 거일까? 기대감이 증폭된다.

그는 발드에게 꾸벅 고개를 숙인 후 란드에게 다가갔다.

"대장님께서, 란드 병사님께 보상을 받으라고 하셨는데요."

"그래, 자 여기 4배의 태양의 밀이네."

란드가 눈을 가늘게 뜨고 주먹 쥔 손을 뻗었다.

'흐흐…… 란드 님이 주는 서비스!'

본래 3배를 받기로 되어 있던 건데, 4배를 받는 거니 기쁠 수밖에.

민혁이 그의 주먹에 자신의 주먹을 맞부딪쳐 줬다.

그리고 란드가 떡하니 내놓은 5㎏짜리 태양의 밀 네 자루를 챙겼다.

[퀘스트 '보르디 평지 토벌대'를 완료했습니다.]
[태양의 밀 20㎏을 획득합니다.]
[기여도가 가장 높은 유저입니다.]
[경험치 8,000을 획득합니다.]
[레벨업 하셨습니다.]
[레벨업…….]

자그마치 3 레벨이나 올랐다. 토벌대의 경험치가 꽤 쏠쏠한 편이라더니 사실인 듯했다.

민혁은 흡족한 미소를 지어 보였다.

바로 그때.

"뭣? 우리 사위가 왔다고?"

베네토의 목소리가 들려왔다.

민혁은 긴장감을 느꼈다. 그리고 황금 열쇠를 바라봤다. 어차피 곧바로 히든 던전으로 가 볼 생각이었다. 태양의 밀도 두

둑하게 챙겼겠다, 맛있게 먹을 것은 충분하니까.

그가 히든 던전 열쇠를 꾹 쥐는 순간이었다.

[히든 던전으로 입장하시겠습니까?]

"예."

곧 민혁이 빛에 휩싸였다.

히든 던전. 그곳의 지킴이 블란은 안으로 유저가 들어왔다는 알림을 들을 수 있었다.

"후우, 피곤하구먼."

밀짚모자에 허름한 옷, 거기에 부츠까지 신고 있는 그는 누가 봐도 영락없는 농사꾼의 모습이었다. 그는 허름한 오두막을 벗어나면서 이방인을 맞아줄 준비를 했다.

그러면서도 생각했다.

'이놈도 왠지 얼마 안 하고 바로 나갈 것 같단 말이야.'

이 히든 던전은 특별하다. 히든 던전임에도 이제까지 총 다섯 명의 유저가 왔다 갔다. 그리고 그들은 하나같이 말했다.

'에이, ×팔. 내가 게임까지 하면서 고구마나 캐야겠냐?'

'아, 뭔데! 왜 경험치 2배, 드랍률 2배 없는 거냐고! 그리고 여긴 왜 몹도 없어!'

'이런 개같은 던전은 난생처음이다!'

그런 말을 계속해서 들어온 블란이다.

'이번 유저도 다르지 않겠지.'

계속해서 이동하던 블란은 들려오는 목소리에 걸음을 잠시 멈췄다.

"서, 설마…… 이거 진짜야?"

고개를 갸웃하고 소리가 들려온 쪽을 바라보니 넓은 대지 한복판에서 나타난 남성이 하늘을 올려다보며 양손을 모은 채 아테네의 신께 기도를 드리고 있었다.

"아테네의 신님, 제가 더 열심히 맛있게 먹으라고 이런 축복을 주신 거죠? 감사합니다. 나무아미타불!"

"잉?"

블란은 고개를 갸웃했다.

아마 사내도 안으로 들어오면서 이 던전이 어떤 곳인지 들었을 거다. 땅을 판다. 고구마를 얻는다. 그리고 경험치를 올린다. 그런 농사를 짓는 희한한 던전이었다. 다른 히든 던전에 비해 훨씬 짜디짠 던전이었다.

사실 이 던전엔 숨겨진 보상이 존재한다. 하지만 당장 눈앞에 놓인 보상만 보고 이제껏 아무도 클리어한 적이 없었다.

그런데, 앞의 사내는 곧 소리를 질렀다.

"고구마 호박이라니, 호우!"

블란은 참으로 독특한 이방인이라는 생각이 들었다. 그가 헛기침을 했다.

"흐음! 난 이곳을 안내하는 지킴이 블란이라고 하네."

"오오오. 그렇군요. 블란 님, 패션 감각이 뛰어나십니다! 신고 계신 부츠가 아주 멋져요!"

"하하, 유쾌한 이방인이로군. 참, 그리고 고구마 호박이 아니라 호박 고구마라네."

"넵, 그렇죠. 고구마 호박."

"아니, 호박 고구마……."

"네? 네. 고구마 호박!"

"그래, 그렇지 고구마 호…… 응?"

블란은 순간 그 능청스러움에 자신이 당했다는 걸 알았다.

"크흠, 그건 그렇다 치고. 이 던전은 어려운 던전이 아닐세. 호미를 이용해 호박 고구마를 캐면 된다네. 그렇게 호박 고구마를 캐다 보면 검은빛을 띠는 검은 고구마가 있을 거야. 아주 나쁜 녀석들이지, 다른 고구마의 영양분을 빨아먹거든, 그 검은 고구마들을 총 스무 개 캐서 내게 가져오게나. 기간은 딱 사흘 주지."

[민혁 유저가 퀘스트 '검은 고구마 스무 개 캐기'를 수락합니다.]

"궁금한 게 있습니다!"

"뭔가?"

"캔 고구마는 제가 먹어도 되나요?"

"그럼 얼마든지."

그렇게 말하면서 블란은 피식 웃었다.

'먹으면 얼마나 먹겠나.'

이 퀘스트의 요점은 바로 이것이었다.

검은 고구마를 캐서 영양분을 빼앗아가는 놈들을 해치워라. 그것만 다 해내도 퀘스트는 연계 퀘스트로 진화하게 된다. 그리고 이 퀘스트를 모조리 깨면 정말이지 엄청난 보상이 떨어진다.

"우와! 알겠습니다. 호박 고구마를 열심히 캘게요!"

"아니, 이 친구야. 호박 고구마 말고 고구마 호박."

"……호박 고구마 맞는데요?"

"아, 맞다, 호박 고구마였지, 참."

"?"

'나 방금 이 이방인한테 말려든 게 분명해…….'

그러면서도 헛기침을 크게 했다.

"흠, 그리고 생각보다 고구마 캐기는 쉽지 않네, 자네 세상에서의 고구마 캐기와는 차원이 다르다는 걸 명심해야 해."

블란도 알고 있었다. 이 히든 던전으로 오는 자들은 대부분이

20~50레벨 사이. 만약 대장장이나, 요리사 혹은 화가 같은 직업으로 손재주를 꾸준히 올렸어도 결코 쉽진 않을 거다.

"자, 여기 호미가 있네."

"호미는 괜찮습니다."

곧이어 사내의 손에 들린 검이 호미의 모양으로 변화했다.

"오……!"

그가 작게 감탄했다.

"그럼 수고하시게. 오늘 내로 다섯 개를 채우지 못하면 저절로 이곳을 떠나게 된다는 것도 명심하고."

"넵!"

블란은 몸을 돌려 다시 오두막으로 향했고, 혼자 남은 민혁은 쾌재를 부를 수밖에 없었다.

'고구마를 캐기만 하면 그냥 준다니……! 이럴 수가!'

세상에 이렇게 행복하고도 말도 안 되는 퀘스트와 히든 던전이 있을 수 있을까?

달콤한 고구마는 추운 겨울날 이불 속에 누워서 그 옆에 동치미를 준비해 놓고 먹으면 최고다. 한 겹 한 겹 잘 벗겨지지 않는 그 녀석을 벗겨내어 황금빛을 띠는 그 속살이 나타났을 때 입으로 가져가면. 허뜨띠! 소리와 함께 입안 가득 퍼지는 달콤하고도 진득한 맛을 느낄 수 있다.

거기에 잘 익은 김치를 올려 먹으면 퍽퍽한 맛을 다소 잡아주고, 목이 너무 막힐 땐 머리가 띵할 정도로 시원한 동치미를 벌컥벌컥 들이켜 주면 '크하!' 하는 감탄사가 나온다.

그뿐만이 아니다. 고구마를 이용한 요리는 무궁무진하다. 그중에서 가장 먼저 생각난 것은 바로 고구마맛탕과 고구마피 자였다.

'흐……! 태양의 밀도 충분하겠다. 고구마 캐면 해봐야지!'

민혁은 그런 생각을 하며 고구마를 캐기 전에 확인했다.

[농사 숙련도]

민혁이 퀘스트를 수락하자마자 얻은 내용이었다.

이 역시 100%를 채우면 초급 농사를 배울 수 있으리라. 거기에 퀘스트 보상에 따르면 고구마를 캐낼 때마다 경험치를 자그마치 500씩이나 준다고 하였다.

그뿐만이 아니었다. 초급 농사 경험치도 얻을 수 있다고 한다. 오크 한 마리 정도의 경험치였으니 생각보다 엄청난 히든 던전인 셈!

민혁은 곧 호미로 땅을 파봤다.

퍼짓!

'뭐야? 왜 이렇게 안 돼?'

민혁은 고개를 갸웃할 수밖에 없었다. 마치 땅이 꽁꽁 언 것처럼 호미가 들어가질 않았다. 민혁은 의아한 표정을 지으면서도 다시 한번 땅에 호미를 움직였다.

퍼짓!

역시나 잘 안 되었다. 그제야 민혁은 블란이 했던 말을 이해할 수 있었다.

'이런다고 내가 호박 고구마를 못 먹을 것 같아?'

퍼짓! 퍼짓! 퍼짓!

그는 엄청난 집념과 온 힘을 다해 호미질을 시작했다.

그리고 약 25분 정도가 지났을 때쯤 그제야 하나의 고구마를 캘 수 있었다.

"우오오오, 고구마아!"

고구마는 무척이나 실했다. 보고 있노라면 절로 흐뭇한 미소가 생겨날 정도였다.

그렇게 두 개째의 고구마를 캐내는 데 25분이 걸렸다. 민혁은 정말 쉴 새 없이 움직여 두 시간 동안 고구마 여섯 개를 캤다. 본래의 계산대로라면 다섯 개여야 하지만 민혁이 다소 익숙해지고 있다는 증거였다. 그렇게 고구마를 캐던 중 민혁은 검은색 고구마를 캘 수 있었다.

민혁은 시무룩해졌다.

"……이건 못 먹잖아!"

퀘스트에 필요한 검은 고구마를 얻은 게 맞다. 하지만 민혁은 다소 실망했다. 왜냐, 검은 고구마는 먹을 수 없었기 때문이다.

민혁은 계속해서 고구마를 다시 캐기 시작했다. 그리고 얼마 후 알림이 들려왔다.

[손재주 1을 획득합니다.]

이 역시 손재주를 올릴 방법이었는지 알림이 들려왔다. 손
재주도 올리고 고구마도 먹으며 경험치도 쌓는다.

'와, 세상에 어떻게 이런 던전이 존재할 수가 있는 거지?'

그의 개인적 생각으로 이 던전은 정말 사기적인 던전이었다.
다른 유저들이 듣는다면 경악할 이야기이긴 했지만 말이다.
민혁의 고구마 캐기는 계속되고 있었다.

랭킹 3위 카인. 그리고 그의 동생 루시아.

카인은 머리카락을 짧게 친 쾌활하게 생긴 사내였다. 반대
로 루시아는 은빛 머리카락을 단발로 친 다소 차갑게 생긴 여
인이었다.

두 사람이 함께 서 있다. 그 앞으로 무수히도 많은 기자와
유저들이 그 둘을 구경하고 있었다.

촤촤촤촤촤촤촷!

기자 유저들은 빠르게 그들을 촬영하고 있었다.

"이번 대회는 전례에 없던 슈퍼 루키들이 많이 참가할 것으로

보이는데요, 루시아 양께서는 그에 대해 어떻게 생각하십니까?"

"재밌을 것 같다고 생각해요."

촤촤촤촤촥!

"루시아 양께서는 국내의 30번째 전설 클래스인 그림자 전사를 얻으셨는데요! 아테네 측의 공식 발표에 따르면 현 국내의 전설 클래스 중에서도 손가락에 꼽을 정도의 클래스라고 했습니다. 루시아 양, 피지컬과 실력, 그리고 전설 클래스를 얻는 비결까지. 궁금해하는 분들이 많은데 한마디만 해주시죠!"

"강한 유저에게 당연히 특별함이 따라오는 거 아닐까요?"

그녀의 입가에 작은 미소가 감돌았다. 그리고 그런 그녀를 보는 카인. 그는 다소 걱정스러운 표정이었다.

'너무 일찍 공개되어 버렸어.'

여동생은 세간의 관심을 받고 있었다. 동렙의 유저라면 그 누구도 이길 수 없을 정도의 피지컬과 실력. 하지만 그것이 문제였다.

'세상은 그렇게 호락호락하지가 않아.'

사람이 승승장구할 수만은 없다. 하지만 루시아는 이미 정점에 선 것처럼 자만하고 있어 우려됐다. 만약 패했을 때 동생이 그것을 감당할 수 있을지.

하지만 그렇게 걱정하면서도 카인도 인정했다. 자신의 동생 루시아는 모든 부분에서 월등하다는 걸.

"루시아 양이 엘레의 검술까지 배우면 혼자서 너무 다 해 먹는 거 아닙니까?"

"호호호호!"

"하하하하하!"

한 기자가 웃음을 지으며 말했다.

그에 루시아는 작게 웃음만 지었다.

"카인 씨, 이번 대회 관련해서 한 말씀만 해주세요."

"세상은 넓고 강자는 많습니다. 대회는 한 치 앞도 볼 수 없죠."

"겸손하시군요."

하지만 카인은 정말 생각했다.

'세상엔 다양한 변수들이 존재하는 법이지.'

"호우호우! 호박 고구마아!"

퍼짓퍼짓!

민혁은 일곱 시간 동안 쉬지 않고 고구마를 캤다. 시간당 캐내는 고구마의 양도 계속 늘어났고 이제 한 시간에 네 개 정도를 캘수 있었다. 거기에 검은 고구마는 진작에 열 개를 넘어섰다.

민혁은 이마에서 흐르는 땀방울을 훔쳤다. 하지만 그는 크나큰 재미를 느끼고 있었다.

[손재주 1을 획득합니다.]

"오예!"

여덟 시간 동안 고구마를 캐서 지칠 만도 했지만, 민혁은 전혀 그런 기색이 없었다.

[레벨업 하셨습니다.]

거기에 경험치를 올리는 재미도 나름 쏠쏠한 편이었다. 벌써 그가 캔 고구마의 양이 마흔 개 가까이가 되었다.

퍼짓퍼짓!

한참을 고구마를 캐던 민혁은 자신이 미리 잘 씻어서 삶기 시작한 고구마를 보았다.

"흐흐흐."

냄비로 다가가서 뚜껑을 열자 김이 모락모락 피어오른다. 황금빛을 띠는 고구마는 무척이나 잘 익었다.

'자, 이제 먹어볼까?'

여덟 시간이 지나고 블란은 오두막에서 걸어 나왔다.

'아직 나갔다는 알림은 안 들리는군.'

그는 그렇게 생각하며 민혁이 있던 곳에 도착했다. 그리고 눈을 휘둥그레 떴다.

"자, 자네…… 뭐하나?"

"와구와구, 고구마 먹어요!"

"아니, 그건 알겠는데……. 왜 꼭 거기서……?"

"이렇게 먹어야 맛있거든요!"

'뭐지……? 이 미친놈은……?'

블란은 고개를 갸웃했다. 민혁은 바닥에 이불을 깔고 그 안에 들어가 엎드린 상태로 고구마를 까서 와구와구 먹고 있던 것이다!

그러면서도 그는 이불 속으로 꿈틀거리며 들어갔다.

"이불 밖은 위험해!"

"자네가 더 위험해 보여!"

"와구?"

민혁은 고구마를 먹으며 의아한 표정을 지었다. 그러면서도 잘 익은 김치를 고구마 위에 올렸다.

"헤헤, 인생은 고구마 같은 것! 퍽퍽한 고구마를 먹다가 매콤달콤 김치를 먹는 것!"

"오, 그건 뭔가?"

블란은 살면서 김치를 처음 봤다. 그 때문에 관심을 가지고 그의 앞에 마주 앉았다.

"나도 하나만 먹어도 되겠는가?"

"정말 하나만 드실 거죠?"

"그래."

이 던전의 지킴이는 블란이었다. 그에게 고구마를 하나도 주지 않는다면 친밀도가 하락할 것을 민혁은 눈치챘다.

곧이어 블란이 고구마를 까서 김치를 얹고 입으로 가져갔다.

"이렇게 먹는 거 맞지?"

"그렇습니다!"

"와구."

잘 익은 고구마에 김치를 얹어 우물거리던 블란의 눈이 믿을 수 없을 만큼 커졌다.

'세, 세상에⋯⋯!'

천상의 하모니가 귓가에 들려온다. 잘 익은 달콤한 고구마에 매콤달콤한 김치가 어우러져 입안이 즐거워졌다.

아삭아삭-

거기에 잘 익은 김치가 먹는 즐거움을 더해주는 좋은 소리를 내주고 있었다.

"와⋯⋯ 정말 맛있군."

"최고죠?"

"그래, 정말 최고야. 와구와구!"

[블란과의 친밀도가 상승합니다.]

그렇게 고구마와 김치를 먹은 블란은 곧이어 한편에 쌓여 있는 검은 고구마를 볼 수 있었다.

'하나둘, 셋, 넷, 다섯…… 헉! 열일곱 개?'

벌써 검은 고구마를 저 정도나 캤다? 믿기지 않았다.

검은 고구마는 결코 쉽게 나오지 않으며 현재 수확한 고구마의 양에 비례해서 나타난다. 지금 저 검은 고구마의 수를 보면 현재 민혁이 캔 고구마의 양은 약 서른 개가 넘어간다는 거다.

'어떻게 이런 일이?'

다른 유저들은 한 시간에 한두 개 캐는 것도 힘들어했기에 블란은 놀랄 수밖에 없었다. 사실 블란은 몰랐지만, 민혁은 레벨에 비해 손재주가 엄청나게 높았다. 그 때문에 아직 스킬을 습득하지 못했지만, 당연히 다른 유저들보다는 훨씬 빠를 수밖에 없었다.

또 쉬지 않고 캘 때마다 숙련도가 계속 올랐으니 그럴 수밖에. 그리고 현재 민혁의 농사 숙련도는 90% 이상이었다.

"응?"

무언가 이상한 점을 또다시 발견한 블란이었다.

"왜 고구마가 없지?"

"……흐음."

민혁은 모른 척 고개를 갸웃했다.

블란은 주변을 두리번거렸다.

계산대로라면 서른 개 정도의 고구마가 있어야 했다. 지금 몇 개 먹었으니, 한 서른 개 정도는 남아야 한다. 근데 다 어디

갔단 말인가?

블란은 곧 주변을 둘러보다가 민혁에게로 시선을 돌렸다.

"호, 혹시 자네⋯⋯."

"⋯⋯."

"다 먹은 건가?"

"에이, 사람이 어떻게 그걸 다 먹나요?"

그러면서 스리슬쩍 이불 속으로 꾸물꾸물 숨어 들어가는 민혁이었다. 하지만 눈치 빠른 블란이 모를 리가 없었다.

"어떻게 고구마 30개를 다 먹나⋯⋯!"

"먹어도 된다고 하셨잖아요. 남자가 한 입으로 두말하진 않겠죠? 그리고 블란 님이 키운 고구마가 너~무 맛있어서 저도 모르게 다 먹어버렸어요."

이불 속으로 들어가던 민혁이 흐흐하고 웃었다.

블란은 그에 생각했다.

'캐면 먹어도 되는 건 내가 어찌할 수 없는 건데⋯⋯!'

그건 이 던전의 보상이었다. 물론 유저들이 환영할 만한 보상은 아니었지만, 그들은 캔만큼 이 던전 안에서라면 먹어도 상관없다는 거다.

하지만 블란은 통탄스러운 표정이었다.

"내 농사가⋯⋯."

[블란과의 친밀도가 하락합니다.]

조금 올려놓은 게 곧바로 하락해 버렸다.

민혁은 충분히 그럴 수도 있겠다 싶었다. 그래서 친밀도를 올리기 위해 말했다.

"그럼 이렇게 하죠. 제가 이따가 고구마로 맛있는 걸 만들어 버릴게요."

블란은 대답하지 않고 몸을 돌렸다.

'설마 앞으로도 계속 다 먹어버리진 않겠지? 에이, 설마 사람이라면 여기 있는 고구마를 다 먹어치우진 않을 거야.'

하지만 그것은 그의 간절한 바람일 뿐이었다. 오두막에 도착한 블란은 작은 한숨을 쉬며 먼 산을 바라봤다.

그 표정은 마치 '인생……'이라고 하는 것만 같았다.

민혁은 고구마를 모두 먹은 후에 다시 열심히 캐기 시작했다.

[농사 숙련도 100% 달성]
[초급 농사 스킬을 획득합니다.]
[손재주 10을 획득합니다.]

민혁은 작게 쾌재하며 확인해 봤다.

(초급 농사)

패시브 스킬

레벨: 1

효과:

• 재료 채집, 캐기 등의 속도가 4% 더 빨라진다.

'최대한 많은 고구마를 캐야겠어.'

밭에 자라난 모든 고구마를 먹는 것. 그게 현재의 목표라면 목표였다. 그때였다.

퐈앗!

밭에서 또다시 검은 고구마가 나왔다. 마지막 검은 고구마였다. 민혁은 그것을 모두 박스에 담아서 블란이 있는 오두막으로 향했다.

"검은 고구마 20개를 다 캤습니다. 블란 님."

"······정말 빠르군!"

[블란과의 친밀도가 상승합니다.]

블란은 민혁이 자신의 고구마를 모두 먹어버려 밉긴 했지만, 놀란 것은 변함없는 사실이었다. 사실 자신도 24시간 안에 검은 고구마 20개를 캘 수 있다고는 자신하지 못하기 때문이었다.

[퀘스트 '검은 고구마 20개 캐기'를 완료했습니다.]
[시크릿 퀘스트 '작은 것도 소중히 할 줄 아는 자'를 완료했습니다.]
[초급 농사 경험치 1,000을 획득합니다.]
[경험치 습득률이 1주일간 2배 상승합니다.]
[초급 농사가 레벨업 합니다.]
[초급 농사가 레벨업 합니다.]
['농사의 던전' 안에서의 손재주 습득률이 상승합니다.]
[민혁 유저 한정 엘레의 검과 보상 습득률이 합산되어 총 6배가 되며 이는 농사의 던전 안에서만 유효합니다.]

"어……?"
민혁은 기뻐할 수밖에 없었다. 시크릿 퀘스트였다.
그리고 블란은 작은 웃음을 지었다.
"사실 나도 자네에게 농사를 부탁했지만, 알고 있다네."
그의 미소는 다소 씁쓸했다.
"누가 여기까지 와서 고구마를 캐고 싶겠나, 그것도 한 시간에 한두 개 캐는 걸. 또 누가 이렇게 농사꾼이란 일에 관심을 보이고 고구마를 캠으로써 보람을 느낄 수 있겠나."
이 시크릿 퀘스트는 아주아주 어렵다, 블란의 말처럼.

과연 그 누가 게으름 피우지 않고 성실히 해낼까? 농사꾼?
비전투 직업 중에서도 최하위로 꼽는 직업이다. 아니, 사실
상 직업으로 농사꾼을 하는 이들은 찾아볼 수 없다. 요리사보
다 더 그 비율이 낮다.

그럼에도 민혁은 열심히 일했다. 물론 고구마를 다 먹어버
려서 밉기는 했다. 그래도 자신이 키운 고구마를 누구보다 맛
있게 먹어주는 것. 성실히 해준 것. 그는 충분히 자격 조건을
충족했다.

[블란과의 친밀도가 상승합니다.]

"감사합니다. 이따가 맛있는 고구마 요리를 해드릴게요. 아
마 깜짝 놀라실 겁니다!"

그리고 민혁은 진심으로 기뻤다. 그 이유는 하나다.

'이 안에서 손재주 습득률이 상승하다니……!'

그것도 엘레의 검 효과로 자신은 종합적으로 6배의 효과를
얻게 된 셈이다. 남들이 6시간에 1을 올린다면 민혁은 1시간에
1을 올릴 수 있다!

민혁은 레벨업 한 초급 농사 스킬도 확인해 봤다.

(초급 농사)

패시브 스킬

레벨: 3

효과:

- 재료 채집, 캐기 등의 속도가 10% 더 빨라진다.
- 3% 확률로 더 좋은 재료를 획득할 수 있다.

'오오오오……!'

민혁은 감탄할 수밖에 없었다.

'세상에 이런 일이……!'

더 맛 좋은 것을 얻을 수 있을지도 모른다!

"그리고 자네에게 추가적인 부탁을 하지, 이제부터 고구마맨들이 나타날 거야."

"고구마맨이요?"

"그래, 그들은 검은 고구마를 통해 영양분을 빼앗고 자신들의 몸을 불리던 녀석들이지. 한데, 그 검은 고구마를 자네가 다 캐버렸기 때문에 땅속에서 비집고 나와 자네를 공격할 수도 있다는 거야. 하지만 숫자는 그리 많지 않을 테니, 걱정 말고 총 열 마리의 고구마맨과 한 마리의 고구마 전사를 잡아 와 주게."

[퀘스트: 고구마맨 열 마리 사냥]

등급: D

제한: 작은 것도 소중히 할 줄 아는 자 퀘스트를 완료한 자

보상: 고구마맨 처치 시 1,000,000골드와 씨앗 획득 가능, 손재주 습득률 추가 상승

실패 시 패널티: 블란과의 친밀도 하락

설명: 작은 것도 소중히 할 줄 아는 자를 달성한 당신. 고구마맨 열 마리와 고구마 전사를 사냥하라.

"참, 고구마 전사는 주변의 고구마를 먹어서 자신의 체력을 회복하는 특수한 능력을 가지고 있으니 주의하시게. 레벨 30이 넘는 녀석인지라, 자네한테 어려울 수도 있으니, 무리하지 말고."

"옙, 알겠습니다. 수락하도록 하겠습니다."

블란의 다소 걱정 어린 목소리에도 민혁은 흔쾌히 수락했다.

이 퀘스트는 잘 보면 아주아주 대단한 보상을 가지고 있다. 고구마맨은 총 열 마리가 나타난다. 한 마리를 잡을 때마다 백만 골드가 드랍되니, 열 마리면 천만 골드. 거기에 정체 모를 씨앗도 드랍된다는 걸 볼 수 있었다.

곧이어 블란은 덧붙였다.

"그리고 고구마 전사를 잡으면 자네가 아주 좋아할 만한 게 나올 거야. 후후후."

"호, 혹시……!"

블란이 고개를 끄덕였다.

"우오오오오오!"

민혁의 몸에 힘이 솟는 순간이었다.

민혁은 직감했다. 맛있는 게 나오는 것이 분명했다.

"그리고 씨앗에 관련해서는 자네가 고구마 전사까지 사냥해 온다면 알려주도록 하지."

"넵!"

수우우웅!

민혁은 다시 바람처럼 고구마를 캐기 위해 걸음을 옮겼다. 그리고 빠른 속도로 집념을 가지며 고구마를 캐기 시작했다.

[손재주 1을 획득합니다.]

퐈앗퐈앗퐈앗!

민혁이 그렇게 캐고 있을 때.

"구마구마!"

땅을 비집고 몬스터가 튀어나왔다.

껍질이 까지지 않은 고구마의 모습이었는데, 크기는 8살 남짓한 어린아이만 했다. 거기에 조그마한 낫을 들고 있는 모습이 퍽 귀여웠다.

"구마구마!"

고구마맨이 민혁을 향해 빠르게 거리를 좁혔다. 그리고 열심히 고구마를 캐던 민혁이 주먹을 휘둘렀다.

"시끄럿!"

퍼지익!

"구마, 꿱!"

고구마맨이 날아가 벽에 처박혔다. 단 한 수였다.

곧 골드와 함께 초록색 씨앗 하나가 드랍되었다. 민혁은 그 두 개를 빠르게 주웠다.

[1,000,000골드를 획득합니다.]

[씨앗을 획득합니다.]

그다음 다시 빠르게 고구마를 캐기 시작했다. 마지막에 고구마 전사가 나오면 맛있는 무언가가 있다! 민혁은 식탐에 의해 엄청난 집중을 하게 된 것이다.

그러던 중 알림이 들렸다.

[의지 1을 획득합니다.]

"어⋯⋯?"

열중하고 있던 민혁의 집중력을 깨트릴 정도의 소리. 민혁은 의지의 상세 설명을 확인해 봤다.

[무언가를 하고자 하는 의지. 평소보다 더 집중하고 무언가를 간절히 바랄 때, 혹은 노력할 때 피로가 한층 옅어집니다. 보너스 포인트로는 올릴 수 없습니다.]

"오……!"

훌륭한 스텟이었다. 보통 이러한 스텟들은 50레벨이 넘어가면서부터 얻는다고 들었으며 해당 조건을 충족해야 한다. 한데, 그 조건이 생각보다 쉽지 않은 편이라, 아테네 게임을 오래한 유저들 중에서도 약 3%의 소수만이 이런 특수 스텟을 보유하고 있다고 알려져 있다.

그리고 민혁은 다시 고구마를 캐기 시작했다.

[고구마를 획득합니다.]
[고구마를 획득합니다.]
[고구마를…….]

갈수록 민혁의 손은 빨라지고 있었다. 손재주가 계속해서 올라가며 거기에 더해져 슬슬 자신감이 붙기 시작한 것. 자그마치 한 시간에 약 4개의 고구마를 캐게 되었다.

"구마! 꿱!"

민혁은 다시 시끄럽게 떠드는 구마를 가격했다.

그러던 중이었다.

[고구마맨 열 마리를 사냥하셨습니다.]
[고구마 전사가 나타납니다.]

푸화아아앗!

곧이어 땅이 폭발하는 듯한 소리가 들렸다. 고구마를 캐던 민혁은 그 알림을 듣고 멈췄다.

'드디어 원하던 녀석이 나타났구나.'

고구마 전사는 고구마맨들보다 아주 조금 더 큰 편에 속했고 한 손에는 날이 선 창을 들고 있었다.

"어?"

고구마 전사를 본 민혁은 놀랄 수밖에 없었다.

'어째서?'

고구마 전사는 몬스터였다. 그리고 민혁이 고구마맨들을 아예 보지 않은 건 아니었다. 한데, 이 고구마 전사에게서만 특별한 무언가가 나타나고 있었다.

그건 바로 빛의 색이었다.

'검은색?'

식재료가 아닌, 몬스터에게서 빛이 보여지고 있었다.

그것도 처음 보는 검은빛이었다.

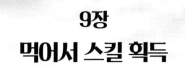

9장
먹어서 스킬 획득

'도대체 이게……?'

아무리 고구마 전사를 잡으면 맛있는 무언가를 얻을 수 있을지도 모른다는 힌트를 얻었다지만 민혁은 이 빛을 보고서 아무런 생각이 들지 않을 수 없었다.

'몬스터에게서 빛이 난다?'

그 이유를 생각해 봤다.

이제까지 한 번도 이런 적이 없었다. 그리고 보면 자신은 얼마 전 식신의 전직 %를 100% 채워냈다. 하지만 그 어떠한 알림도 들리지 않고 있었다.

"오크들이나, 고블린, 고구마맨을 잡을 땐 이런 빛이 보이지 않았는데……?"

어째서 고구마 전사에게서만 검은빛이 나타나는 걸까.

박 팀장이 중얼거렸다.

"그야 네임드 몬스터니까."

이민화가 고개를 끄덕였다.

두 사람은 민혁 유저의 화면을 모니터하고 있었다.

그는 2차 전직을 위한 100%를 채워냈다. 그전까지는 사실상 레어 몬스터와 같은 네임드 몬스터를 보아도 검은빛이 보이지 않는 게 맞았다.

"1차 때의 식신은 일반적인 먹거리에 집중한다."

그렇다면 2차 때의 식신은 무엇을 의미하는 걸까.

"과연 민혁 유저가 몬스터를 먹으려나."

"그래도 운이 좋은 편에 속하네요. 만약 민혁 유저가 히든 던전으로 가지 않았다면 일반적인 몬스터를 먼저 먹어야 했을지도 모르는데 말이죠."

"그렇지, 그게 가장 힘든 법이니까."

아무리 민혁 유저가 먹을 것을 좋아한다고 할지라도 과연 몬스터를 거리낌 없이 먹을 수 있겠는가? 그건 힘들다.

한데, 민혁 유저는 먹자신의 가호를 받기라도 하는 건지 딱 알맞은 몬스터를 만났다.

"그래도 몬스터는 몬스터야, 그 누가 거부감 없이 몬스터를 먹을 수 있겠어."

"그래도 저걸 먹어야 2차 전직 조건을 모두 충족할 텐데. 저거 100% 채운 상태에서 2주 내로 몬스터 안 먹으면 1차 전직 식신에서 멈추는 거죠?"

"그렇지. 시간제한 때문에 민혁 유저는 스텟만 올리고 요리 잘하는 신 클래스로만 남겠지."

하지만 몬스터를 먹는다면?

'더 특별한 능력을 얻을 수 있지.'

민혁은 일단 고구마 전사를 사냥해 보면 어느 정도 답이 나올 것 같다는 생각을 했다.

"구마아……!"

고구마 전사가 먼저 선공했다.

[바르디 검술]
[6분 동안 5대 스텟이 12 상승합니다.]

그의 몸에 힘이 깃든다.

고구마 전사가 민혁을 향해 창을 찔러온다.

탱!

가뿐히 쳐낸 민혁의 검이 고구마 전사의 몸을 훑고 지나갔다. 그 순간.

화르르르르륵!

살라만더의 더블링 효과로 고구마 전사의 몸에 불이 붙었다.

[살라만더의 불꽃]
[지속적인 대미지를 받습니다.]

쿵쿵-

민혁의 코가 움직였다. 이 냄새, 이 향기. 너무나 익숙한 냄새였다.

"이, 이것은……!"

그는 눈을 크게 떴다.

"군고구마!"

"구마아아아?"

고구마 전사는 몸에 붙은 불을 끄기 위해 안간힘을 썼다.

민혁은 갑자기 입맛이 돋는 걸 느끼고 자신의 입술을 혀로 핥았다.

"군고구마…… 맛있어……."

찐고구마와는 다른 맛의 묘미다. 길거리에서 파는 군고구마를 먼저 받아 들었을 때엔 겉이 노릇노릇하고 조금 탄 껍질을 볼 수 있다. 그것을 벗겨내고 김이 모락모락 피어오르는 그것을 입에 넣었을 때는 먼저 이 소리가 나온다.

"후뚜뚜뚜!"

하지만 입안의 그 달콤한 고구마의 맛에 뜨거운 그것을 혀로 굴려 목 뒤로 넘기면 최고다.

"구마아아!"

고구마 전사는 불이 붙어 괴로워하는 자신을 보며 침을 꼴딱 삼키는 민혁을 보고 이런 생각을 했다.

'아, 악마……!'

민혁의 목울대가 꿀떡하고 움직였다. 그리고 입술을 혀로 날름 핥았다.

"너 이제 보니 참 맛있게 생겼구나?"

"……?"

흠칫!

고구마 전사가 몸에 붙은 불을 끄다가 멈추며 한 걸음 뒷걸음질 쳤다.

"불 끄지 마, 그러면 맛없어져!"

"구, 구마구마……."

고구마 전사에게 민혁에 대한 공포가 엄습했다.

'잠깐만……!'

그러다 문득 민혁은 생각했다.

'검은빛이 나타났다는 건 결정적으로 먹는 '재료'라는 걸 뜻하는 건데…….'

그 의미는?

'먹어도 된다. 오예!'

민혁이 어느덧 고구마 전사의 몸에 붙은 불이 꺼진 걸 볼 수 있었다.

이어서 고구마 전사가 땅속으로 손을 집어넣었다. 그러자 마치 두부에 젓가락이 파고들 듯 부드럽게 들어갔다. 그리고 그 안에서 꺼낸 것은 고구마였다. 고구마 전사가 그 고구마를 입에 넣고 빠르게 씹어 삼켰다.

그러자 놀라운 일이 일어났다.

[고구마 전사의 HP가 회복됩니다.]

먹어서 HP를 회복한다?

신기한 일이었다. 하지만 민혁은 자신이 해야 할 일을 빠르게 알아차렸다. 그는 단숨에 고구마 전사와의 거리를 좁혀 고구마 전사를 공격했다. 머지않아 고구마 전사가 싸늘한 주검이 되어 쓰러졌다.

그 순간.

고구마 전사에게서 놀라운 것이 드랍되었다. 그건 바로 황금빛을 띠는 황금색 고구마였다.

[황금 고구마를 획득합니다.]

"오.오.오.오.오! 황금 고구마 득테에엠!"

민혁은 서둘러서 그것을 집어 들고 확인해 봤다.

(황금 고구마)

재료 등급: C

특수 능력:

 • 체력+20

설명: 고구마 전사를 사냥해야만 얻을 수 있는 더 맛있는 황
금 고구마이다. 둘이 먹다 하나가 죽어도 모를 수도 있다.

"우와! 더 맛있는 고구마라니!"

민혁은 쾌재할 수밖에 없었다. 더 맛 좋은 고구마인데, 자그
마치 체력을 20 상승시켜 준다고 하였다. 거기에 황금 고구마
는 민혁의 주먹보다도 더 커다랬다!

민혁은 서둘러 그것을 품속에 집어넣었다. 일단 자신의 앞
에 군고구마가 있지 않던가!

그러다 그는 멈칫했다.

"얘, 몬스터인데……?"

몬스터다. 방금 전까지만 해도 자신을 공격했던 고구마 전사!

"응, 맛있으면 영 칼로리~"

하지만 민혁은 단순했다.

그가 다급하게 움직이기 시작했다. 인벤토리에서 호일을 왕창 꺼낸 민혁은 고구마 전사의 몸에 겹겹이 감았다. 호일을 몇 개나 써야 될 정도로 많은 양이었다.

그리고 이어서 서둘러 블란의 집을 향해 달려갔다.

"블란 님! 블란 님!"

그의 목소리는 다급했다.

"무슨 일인가?"

"장작 있어요?"

"장작?"

"네, 장작 좀 있으면 빌려주세요!"

"뒤쪽으로 가면 있네만?"

수우우우웅!

민혁은 바람처럼 빨랐다. 헤이스트까지 사용한 것이다. 장작을 품에 한 아름 안아 든 민혁은 블란 앞에서 멈춰 섰다. 그는 똥 마려운 강아지마냥, 안절부절못하면서도 감사의 인사는 전해야겠다고 생각한 것이다.

"잘 쓸게요!"

"자네, 기분이 정말 좋아 보이는데?"

"네에! 아주아주 행복해요."

그러면서도 민혁은 자신의 이 기쁜 마음을 표출하고 싶어서 말했다.

"블란님, 군대에 고구마가 입대하면 뭐게요?"

"……?"

"군고구마! 호우!"

그렇게 말하며 폴짝폴짝 뛰어가는 민혁을 보며 블란은 손가락을 머리 옆 통수에 가져가 빙글빙글 돌렸다.

"군고구마에 미친놈이 분명해……."

하지만 곧이어.

"군대에 간 고구마…… 군고구마? 풉!"

그가 웃어버렸다.

따닥따닥-

민혁은 장작불에 잘 구워지는 군고구마(?)를 보며 기대감 어린 표정을 짓고 있었다. 이어서 엘레의 검으로 푹 찔러보니 아주 잘 들어갔다.

민혁은 군고구마의 일정 부분을 잘라서 떼냈다. 그다음 호일을 벗겨냈다.

솨아아아-

[버프 능력과 식신의 진가 중 한 가지를 선택해 주시기 바랍니다.]

"식신의 진가."

[메인 재료로 고구마 전사가 선택됩니다.]

"후뚜뚜뚜뚜!"

민혁은 손 위의 뜨거운 고구마를 왼손 갔다 오른손 갔다 움직이면서 한입 크게 베어 물었다.

"허어……."

입안의 뜨거운 고구마에서 수증기가 뿜어진다.

"허업."

혀를 살살 굴려주며 그 뜨거운 고구마를 천천히 음미해 본다. 달콤한 맛이 입안 가득 퍼진다.

"마, 맛있어……!"

민혁은 감탄할 수밖에 없었다. 일반 고구마보다도 말도 안 될 정도로 훨씬 맛있었다. 정말 경악스러울 정도의 맛.

그 달콤한 군고구마를 씹다가 목구멍 뒤로 넘겼다.

"와구와구!"

민혁은 군고구마를 빠르게 먹어치웠다. 남아 있는 거대한 군고구마를 몇 등분으로 나눠서 자른 뒤에 다시 호일에 감싸 몇 개를 장작에 넣었다. 커서 그런지 덜 익은 감이 없지 않았기 때문이었다.

거기에 그의 앞에는 살얼음이 낀 동치미까지 있었다. 그는 전에 돼지를 먹기 전 여러 가지 김치를 담가놨던 것. 식품 보관 인벤토리에 온도를 설정해 살얼음이 먹기 좋게 얼어 있었다.

꿀꺽 꿀꺽 꿀꺽.

동치미를 들이켜자 앞니가 시릴 정도였다. 하지만 고구마의 퍽퍽한 맛이 한순간에 내려갔다.

시원하면서도 깔끔한 동치미의 맛!

그리고 그는 몰랐지만, 행복한 미소를 짓는 그의 얼굴에는 숯검댕이가 덕지덕지 묻어 있었다. 그 상태로 군고구마를 먹는 민혁의 모습은 남이 봤다면 '풉'하고 웃었을지도 모른다. 그렇게 군고구마를 모두 먹어치웠을 때였다.

[식신의 진가]
[고구마 전사의 흡수 전환 스킬을 획득할 수 있습니다.]
[획득하시겠습니까?]

민혁은 놀란 표정을 지었다.
'스킬을 획득할 수 있다고?'
"획득한다."
일단은 해보기로 했다.

[획득률 11%⋯⋯ 22%⋯⋯ 36%⋯⋯ 68%⋯⋯ 88%⋯⋯ 100%.]
[흡수 전환 스킬을 획득합니다.]

[괴식에 눈 뜹니다.]

[신 클래스. 괴식의 식신으로 전직합니다.]

[괴식의 식신 스킬을 획득합니다.]

[직업 퀘스트 '식신의 유물'이 생성됩니다.]

민혁은 알림을 들으며 생각해 봤다.

'정말 먹어서 스킬이 습득되었다는 건가?'

굉장히 놀라운 이야기였다. 무언가를 먹어서 스킬을 습득할 수 있다니!

그리고 민혁은 생각했다.

'아, 그래서……!'

자신이 일반 스킬북들을 습득할 수 없었던 이유. 그게 이해가 되는 순간이었다. 자신은 남들과 다르게 스킬을 먹어서 습득할 수 있다.

그러다 민혁은 곰곰이 생각해 봤다.

'고구마 전사는 특별한 몹이었기 때문에 스킬을 가지고 있던 거였지.'

그리고 이런 특별한 몹들은 보스 몬스터에게서 나타나는 경우가 많거나 혹은 네임드 몬스터들에게서 나타나는 경우가 많았다.

민혁은 먼저 스킬창을 열었다.

(흡수 전환)

엑티브 스킬

레벨: 없음

소요 마력: 200 / 쿨타임: 20분

효과:

- 무언가를 먹을 때 30~40%의 HP를 회복할 수 있다.

"……뭔가 되게 대단한 것 같은데?"

먹을 게 아니면 잘 놀라지 않는 민혁조차도 효과 부분에서 혀를 내두를 수밖에 없었다.

얻자마자 바로 30~40%의 HP를 회복할 수 있다?

회복 능력은 아주아주 귀하게 여겨지는 것으로 알고 있다.

민혁은 빠르게 제네럴에게 귓속말을 보냈다.

[민혁: 형형, 바빠요?]

[제네럴: ㄴㄴ 길드 회식 중. 왜?]

[민혁: 뭐 좀 물어보려고요.]

[제네럴: 뭔데?]

[민혁: 다름이 아니라, 회복 스킬 하나 얻었는데요.]

[제네럴: 오, 회복 스킬? 그거 진짜 좋은 건데? 회복 스킬북 진짜 드랍 안 돼서 일반 스킬북보다 한 열 배는 비싸다. 회복률 몇 프로야? 10%? 아니면 15%?]

"……."

민혁은 잠시 말문을 잃었다. 창욱의 말만 보아도 지금 자신이 얻은 스킬이 얼마나 사기적인지 알 수 있었다.

'하긴 포션은 엄청 비싸니까…….'

그러면서도 민혁은 귓속말을 했다.

[민혁: 30%~40%요.]

[제네럴: ……너 또 나한테 형님 소리 듣고 싶어서 유도하는 거 아니냐?]

[민혁: 진짠데, 제가 거짓말하는 거 봤어요?]

[제네럴: 헐……. 30~40%? 그거 스킬 등급 뭐야? 그리고 쿨타임은?]

[민혁: 등급은 없고 20분이요.]

잠시 그에게서 귓속말이 오지 않았다.

뭔가 이미지가 그려졌다. 머엉한 표정을 짓는 제네럴.

그때 귓속말이 왔다.

[제네럴: 대박 사건…….]

[민혁: ?]

[제네럴: 난 놈이세요……?]

[민혁: ?]

[제네럴: 와, 진짜 대박이네……. 그런 스킬북이 있긴 해?]

[민혁: 몬스터 먹으니까, 스킬 생김요.]

[제네럴: 지렸다. 진짜 별의별 걸. 현재 풀린 가장 좋은 치료 스킬북이 유니크인데, 25~30% 사이야. 거기에 쿨타임은 40분이고. 치료 스킬이 왜 비싼지 알아?]

[민혁: 모르니까 형한테 귓속말했겠죠?]

[제네럴: 포션 값은 더럽게 비싸, 근데 또 사제 데리고 던전 가면 경험치 나눠 먹어야 하잖아, 근데 치료 스킬북 있으면 사제가 필요 없어지고 경험치도 독식하게 되지, 그리고 만약 너처럼 30%~40%를 올려준다? 그것도 20분에 한 번씩? 20분이면 보통 포션 안 쓰면 유저들 HP 50% 정도 유지되거나 말거나 인데, 그 정도면 넌 거의 만피 유지하면서 간다는 거잖아.]

[민혁: 오……!]

민혁은 감탄했다. 이렇게 제네럴에게 들어보니 확실히 그가 놀랄 만했다.

20분에 한번씩 HP를 30~40%씩 채운다. 어쩌면 이건 컨트롤만 좋다면 항상 만피를 유지하면서 나아갈 수 있다는 거다. 거기에 포션을 이용해 사냥하는 고렙들의 경우 이걸 이용해 던전 한 타임을 더 길게 끌 수 있다.

[제네럴: 거기에 한 타임 돌 때마다 들어가는 포션 값이 아예 사라져버리니까, 고렙들은 비싸게 주고도 사지. 현재 가장 좋게 뽑혔다는 스

킬북이 현금가로 1억이 넘는다. 그것도 20~25%짜리가.]

　[민혁: 아무튼, 고마워요.]

　[제네럴: 그래, 즐아.]

　[민혁: 넵, 즐아요!]

　민혁은 귓속말을 종료했다.

　'1억이라?'

　물론 먹을 것 외에 큰 관심이 없는 민혁이었지만 그가 확인한 이유는 간단했다.

　'먹어서 습득하는 게 얼만큼의 힘을 발휘하는지 알아야지.'

　지금 제네럴의 말을 들어보면 민혁이 습득한 스킬은 말 그대로 사기 그 자체다.

　그러다 민혁은 아차했다.

　'몬스터들은 보통 유저보다 강력한 특성을 가지고 있다⋯⋯!'

　그렇다. 몬스터들은 유저들과 다르게 보통 한 가지의 스킬만 가지고 있다. 반대로 유저들은 여러 가지 스킬에, 아이템까지 장착하고, 여러 명이 모여서 몬스터를 사냥한다.

　하지만 특성을 가진 몬스터는?

　오로지 특성의 힘으로 유저들을 압박한다. 대신 그 하나의 특성이 강력하게 설정되어 있다.

　민혁은 말 그대로 고구마 전사의 능력을 그대로 흡수해 버렸고, 그 의미는 강력한 몬스터의 특성을 얻을 수 있는 능력이라는 거다.

'먹어서 좋은 걸 얻었다. 흐흐흐……'

민혁이 기쁜 이유는 좋은 스킬을 얻은 것도 있지만, 자신이 원하는 걸 먹었을 뿐인데 남들보다 특별한 스킬을 얻었다는 사실도 있었다.

민혁은 곧바로 괴식의 식신 스킬을 확인해 봤다.

(괴식의 식신)

패시브 스킬

등급: 신 / 레벨: 1

효과:

• 음식에 존재하는 패널티, 혹은 몬스터를 먹음으로써 생기는 독성을 무시한다.

• 몬스터를 먹어서 스킬을 획득할 수 있으며 저장 가능한 스킬 수는 3개이다. (1/3)

• 획득에 실패할 수도 있다. 또한 여러 가지의 특성을 가진 몬스터의 경우 선택 혹은 랜덤으로 습득할 수 있으며 랜덤의 경우 주사위가 굴려져 결과에 따라 습득하지 못할 수도 있다.

• 스킬 레벨에 따라 섭취 가능한 몬스터의 종류가 다르며 섭취 가능 몬스터는 검은빛으로 보인다.

• 일반 몬스터는 먹을 수 없으며 레어, 유니크, 에픽, 전설, 신까지만 먹을 수 있다.

• 섭취 가능 몬스터를 보게 되면 그 몬스터에게서 가져올 수 있는 재료를 눈으로 확인할 수 있다.

• 몬스터의 경우 현대에 존재하는 재료들과 비슷한 맛을 내며 더 맛있다.

몬스터의 경우 보통은 전부 일반이다. 그리고 이 일반을 넘어가는 몹들은 전부 네임드 몬스터라고 불린다.

레어 몬스터는 레어 아이템, 스킬북 드랍률이 높고 유니크 몬스터는 유니크 아이템, 스킬북 드랍률이 높다. 그 외의 다른 것들도 모두 똑같다.

그리고 한 단계 높아질수록 더욱더 마주하기 힘들어진다. 오죽하면 전직 퀘스트로 유니크 몬스터를 사냥해야 할 시엔 다른 유저들에게 제보를 받아 일정 보상을 주고 깨야 할 정도다.

'오……!'

민혁은 감탄했다. 몬스터의 맛은 현대에 존재하는 재료들과 비슷하면서도 더 맛있다는 마지막 부분 때문이었다. 물론 일반 유저들이 먹었을 땐 그러지 않을 것이다. 민혁의 괴식의 식신에 붙은 효과가 그렇게 해주는 것일 뿐.

그리고 음식에 존재하는 패널티 혹은 독성을 무시한다는 건 민혁이 단뱀에게서 먹었던 독사과의 패널티를 무시한다고 보면 될 듯했다.

거기에 더해져 포식 가능 스킬은 총 세 개였고 앞으로 두 개가 남았다. 만약 레벨업 한다면 스킬 개수가 늘어나지 않을까 하는 생각도 들지만 일단 이는 신중해야 하는 부분이었다.

'만약 그렇지 않다면?'

최고의 스킬들로만 꽉꽉 두 개를 추가로 획득해서 채우면 될 거다.

'드래곤 먹으면 헬파이어나 메테오도 익힐 수 있으려나.'

드래곤은 대부분이 전설 네임드 몬스터다.

그런 생각을 하며 민혁은 흡족하게 고개를 끄덕였다. 그가 가장 흡족한 부분은 역시 뭐니 뭐니 해도 먹을 수 있는 범위가 커졌다는 거다.

'몬스터들이 현대에 존재하는 재료들과 비슷한 맛을 낸다. 그리고 일반 재료보다 더 맛있다……'

그러다 드는 생각.

"근데 진짜 드래곤은 무슨 맛일까?"

고개를 갸웃하는 민혁이었다. 남들이 들었다면 살벌했을지도 모르는 소리를 태연하게 하는 민혁.

"먹어보고 싶다!!"

왠지 더 강해져야 할 이유가 생긴 듯한 민혁이었다.

거기에 민혁은 마지막 식신의 유물 퀘스트를 확인해 봤다.

[직업 퀘스트: 식신의 유물]

등급: 봉인

제한: 레벨 150

보상: 봉인

실패 시 패널티: 봉인

설명: 봉인

'유물 퀘스트라……'

퀘스트 이름부터 범상치 않은 느낌이 난다.

그리고 또 한 가지 생각이 든다.

'과거에 혹시……'

식신이 현존했다는 건가?

그럴 수도 있겠다 싶은 민혁이었다. 물론 자신이 식신의 후예 같은 이름을 가진 것은 아니었지만, 충분히 가능성이 있는 이야기다.

만약 150레벨이 되면 그 실마리를 어느 정도 찾을 수 있지 않을까? 그리고 그걸 기대하는 이유는 하나다.

'맛있는 게 어딨는지 알고 있을지도 몰라!'

모든 게 먹을 거로 시작해 끝나는 올바른(?) 민혁이었다.

민혁은 곧바로 블란에게 가서 퀘스트를 완료했다. 이미 고구마맨을 잡아서 나온 100만 골드는 모두 습득했다. 총 1,000만 골드를 벌게 된 셈이었다. 보통 초보 토벌대를 완료한 유저들이 10만 골드를 버는 걸 생각하면 정말 대단한 보상이라 할 수 있다.

['농사의 던전' 안에서의 손재주 습득률이 상승합니다.]
[민혁 유저 한정 엘레의 검과 보상 습득률이 합산되어 총 8배가 되며 이는 농사의 던전 안에서만 유효합니다.]
[초급 농사가 레벨업 합니다.]
[초급 농사가 레벨업 합니다.]

퀘스트 완료 후 들린 알림이었다.

민혁은 감탄했다. 특히나 놀라운 부분은 바로 이것이다. 그는 하루에 약 오십 번 넘게 조리한다. 일반 요리사 직업을 가진 이들도 거의 불가능에 가까운 일이다. 그리고 현직 요리사들은 집에서 요리하지 않는 경우가 다반사라고 한다. 근데 게임에서 그렇게 많이 자주 요리를 할 수 있을까? 힘들다는 거다.

하지만 민혁은 맛있게, 더 다양하게 먹기 위해 계속 요리하니, 하루에도 수십 번 반복적인 행위를 해서 손재주를 올릴 수 있다. 거기에 더해져, 계속 고구마를 캔다면? 정말 말도 안 될 정도의 속도로 손재주를 올릴 수 있다는 것이다.

'확실히…… 아주 조금씩 맛이 좋아지는 게 느껴져.'

희한한 일이다. 맛이라는 게 '더 맛있다'라는 것을 느낄 수 있는 것도 애매하다. 하지만 갈수록 더욱더 완벽하게 간이 되는 것 같고 먹어도 먹어도 질리지 않게 된다.

그런 맛 있지 않던가. 나도 모르게 밥 두 공기를 뚝딱 해치우는 맛. 물론 민혁은 밥 100공기 먹던 걸 200공기 먹는 게 되는 거지만.

민혁은 다짐했다.

'내 기필코 여기 있는 고구마를 다 캐서 먹어버리고 말겠어!'

그는 바로 농사 스킬을 확인해 봤다.

(초급 농사)

패시브 스킬

레벨: 5

효과:

- 재료 채집, 캐기 등의 속도가 16% 더 빨라진다.
- 9% 확률로 더 좋은 재료를 획득할 수 있다.

'초급 농사의 레벨이 오를 때마다 재료 채집, 캐기가 3%씩 상승하고 더 좋은 재료를 얻을 확률도 3%씩 상승하는군.'

흡족한 표정을 지은 민혁은 요리를 시작했다. 고구마맛탕과 고구마피자였다.

고구마맛탕은 자른 후에 적당한 온도의 기름에 튀기기만 해도 맛이 좋다. 그리고 그 위로 물엿이나 혹은 꿀 같은 것을 뿌린 후에 참깨를 솔솔 뿌려주면 된다. 다른 방법으로는 설탕을

끓여서 소스를 만드는 방법도 있다.

그다음 고구마피자. 고구마피자를 생각하니 한 가지 기억이 떠올랐다.

'예전에 피자노쿨에서 많이 사 먹었지.'

중학생 시절. 민혁은 학교에 다닐 때 아버지가 강민후 회장이라는 걸 숨겼다.

그리고 학교 인근에 피자노쿨이라는 한 판에 5천 원짜리 가게가 있었는데 그곳에서 친구들 네 명이랑 천 원씩 모아서 고구마피자를 사 먹곤 했다.

'캬, 피자노쿨 고구마피자. 아직도 생생하게 기억나.'

얇은 도우에 묵직하게 올라간 고구마와 달콤한 소스. 거기에 몇백 원을 더 모아서 피클을 따로 구매하고 500㎖ 콜라 하나를 사서 플라스틱 컵 네 개에 따라서 나눠 먹곤 했다.

요리를 모두 완성한 민혁은 흐흐하고 웃었다.

'황금 고구마는 나 혼자 먹어야지~'

황금 고구마는 나중에 혼자서 맛있게 해치워 버릴 거다.

완성된 걸 보면서 민혁은 흐뭇한 미소를 지었다. 식신의 진가와 버프, 또는 재료를 선택하라는 알림이 들렸다.

민혁은 후다닥 선택했다.

"……내가 힘들게 키운 고구마."

블란은 울상을 지었다.

그의 앞에 놓여 있는 고구마피자는 약 열다섯 판은 될 정도였고 거기에 고구마맛탕은 큰 철 대야에 가득 있었기 때문이다.

"에헤이, 어서 드세요. 식으면 맛없어요!"

찌릿!

블란이 그를 노려봤지만, 민혁은 입맛을 다시며 고구마피자를 들어 올렸다.

쭈우우우-

치즈가 부드럽게 늘어났다. 손에 그 뜨거움이 전해진다. 치즈가 끊어졌을 때 재빠르게 입으로 피자를 가져갔다.

"와아아앙, 와구우!"

피자를 한입에 거의 반절이나 집어넣었다. 그리고 쭈욱 당기자 치즈가 늘어났다. 입으로 늘어난 치즈를 날름날름 먹다가 치즈가 딱 끊어졌을 때 그것을 후룹 하고 삼킨 후에 씹어본다. 달콤한 고구마와 절묘하게 어우러지는 치즈와 도우, 그리고 달콤한 소스까지. 입안에서 쫀득쫀득한 치즈가 부드럽고 풍부한 맛을 준다. 달콤한 고구마는 다소 느끼할 수 있는 치즈 맛을 잡아주며, 소스들은 그 맛을 더해준다.

피자 한 조각을 단숨에 먹은 민혁은 종이컵에 따라져 있는 콜라로 손을 뻗었다. 여기서 손에 묻은 기름과 소스가 종이컵에 묻지 않게 하기 위해서는 섬세하게 종이컵을 집어야 한다. 손가락으로 집지 않고 양 손바닥으로 종이컵을 양쪽에서 밀듯 잡아 그대로 콜라를 벌컥벌컥 마신다.

"크흐!"

목이 타들어 갈 것 같이 들이킨 후에 입안에서 톡톡 터지는 달콤함. 그리고 피자의 느끼한 맛을 잡아주는 그 기분에 민혁은 감탄했다.

"훌륭해, 아주 맛있어!"

[블란과의 친밀도가 상승합니다.]

맞은편에 함께 앉아 있는 블란도 감탄사를 터뜨렸다. 방금까지 삐진 듯한 표정을 짓고 있었지만, 지금은 아주 만족스러운 표정이었다.

민혁은 그에 씨익 웃고는 고구마맛탕에 포크를 쿡 찍었다. 고구마맛탕을 입에 가져가 우물우물 씹어봤다. 진득하다고 할 수 있을 정도의 단 올리고당의 맛이 먼저 느껴지고 다소 퍽퍽하지만 부드럽게 고구마가 입안 가득 퍼져 나갔다.

민혁은 진심으로 행복한 표정이었다. 그 모습에 블란은 자신도 모르게 흐뭇하게 아빠 미소를 짓다가 멈칫했다.

'내 고구마를 다 먹었잖아!'

"자네, 이제 슬슬 나갈 때 되지 않았나?"

그가 눈치를 줬지만, 민혁은 능청스러웠다.

"고구마 있잖아요, 다 캐야죠. 경험치 2배도 아직 기간 넉넉하게 남았는데."

"경험치는 계속 나오겠지만, 아이템 같은 건 없지 않나, 아이템이 얼마나 중요한데!"

NPC가 제발 좀 '나가줘!'라고 하는 경우는 처음일 거다.

"괜찮아요. 블란 님의 고구마가 넘흐넘흐 맛있어서 계속 고구마만 캐도 행복해요!"

"……."

블란은 졌다고 생각했다. 뭐, 이런 놈이 다 있단 말인가!

"또 손재주 올리는 재미도 쏠쏠하고요."

"그, 그래?"

하지만 말은 그렇게 하면서도 블란은 흐뭇하기도 했다.

'어쩌면…….'

이 던전에 남아 있는 마지막 보상.

'그걸 얻을 수 있지 않을까?'

하지만 그러다가도 고개를 저었다.

'그럴 리는 없어, 당장 눈앞의 보상을 두고서 말이야.'

그렇게 생각하면서도 블란은 다시 식사를 시작했다. 그리고 모두 먹어냈을 때, 민혁은 흡족한 듯 배를 통통 두드렸다.

"아, 후식으로 고구마 쪄 먹어야지!"

"……."

블란은 말없이 그를 바라보다가 말했다.

"듣기론 말일세."

그는 꽤 진지한 표정이었다.

"네?"

"코끼리는 하루 평균 100kg을 먹는다고 하네, 자네도 그와 비슷한 것 같기도 한데."

"……."

"한데, 이 코끼리들은 100kg을 먹으면 150kg의 배변량이 나온다더군. 왜냐면 배설물의 40~50%가 섬유질이라서 그렇다는데, 그럼 혹시 자네의 배설량도 하루에 100kg이 넘는 건가?"

"……!"

블란도 경악했고 민혁도 경악했다.

"참, 씨앗은 뭐죠?"

민혁은 대답을 얼버무리기 위해 물었다.

고구마맨을 잡았을 때 나온 씨앗의 숫자는 총 일곱 개. 그리고 이 일곱 개의 씨앗은 모두 색이 달랐다.

"씨앗을 심으면 그 씨앗에 해당하는 열매가 자라나게 되지."

"오오오오오!"

민혁은 감탄하고 또 감탄했다. 그 말은 고구마가 아닌, 다른 과일이나 채소도 얻을 수 있다는 말 아니던가!

"하지만 그건 자네의 것이 아닐세."

"제게 아니라뇨. 보상으로 제가 받았는데요!"

"잠시만 기다리게. 자네의 것은 따로 있다네."

그렇게 말한 블란이 오두막으로 걸음을 옮겼다.

그러면서도 그는 생각했다.

'씨앗을 선택할 리가 없지.'

최종 조건을 달성한 민혁. 그리고 블란은 이제 그를 시험해야 한다.

블란은 자신의 오두막의 작은 보석함을 열었다. 그 안에는 매우 값비싸 보이는 반지가 놓여 있었다. 실제로 이 반지는 마하바의 더블링이라는 유니크 아티팩트였는데 현존하는 더블링 중에서 손가락 안에 꼽을 수 있을 정도로 대단한 아티팩트였다.

'마법 방어력을 자그마치 40이나 상승시켜 주고 스킬 흡수가 특수 능력으로 있지.'

이 마하바의 더블링에 걸려 있는 스킬 흡수는 상대방과 100레벨 이상이 차이만 나지 않으면 50%의 확률로 스킬을 흡수해 낸다. 그리고 흡수한 그대로 그 능력을 딱 1회 10분 안에 사용할 수 있다.

그만큼 값진 반지. 블란은 이 반지를 민혁에게 제시할 예정이다. 그 대신 씨앗 일곱 개를 달라며.

그 때문에 이것이 시련이다.

'마하바의 더블링을 선택하면 마하바의 더블링만 얻게 되지, 하지만 씨앗에 관련한 보상은 얻을 수 없게 되지.'

이는 히든피스로 가는 길이다. 그리고 이 시련의 맹점은 바로 이것이다.

'씨앗 따위보다 당연히 마하바의 더블링이 중할 테지.'

사실 블란 자신이 봐도 마하바의 더블링보다 씨앗이라고 할 이는 없을 것 같았다. 그리고 이미 블란에게 알림이 울렸다. 이 씨앗은 단지, 조금 더 맛있는 과일과 채소가 자라나는 씨앗일 뿐이라는 미끼를 던지라고. 농사의 던전에서 히든피스까지를 달성할 자격이 있는지 시험하는 거다.

그는 민혁이 있는 장소로 걸음 했다.

"자, 이게 최종 보상일세. 내게 씨앗을 건네준다면 이 던전 안에 있는 모든 퀘스트를 완료했다는 알림이 들릴 걸세, 그리고 난 이걸 자네에게 보상으로 주지."

[마하바의 더블링을 획득할 수 있습니다.]

"이 씨앗이 열매로 자라나면 어떤데요?"

"에이, 특별할 것 없다네. 더 맛있는 열매가 자랄 뿐이야. 어서 내게 씨앗을 주게, 이 보상이 탐나지 않던가?"

"더 맛있는?"

"그래, 더 맛있는. 어서 내게 씨앗을 주게나, 시간이 좀 더 지나면 퀘스트를 완료할 수 없다네! 반지 얻기 싫은가?"

블란은 그렇게 말하면서도 생각했다. 이 녀석, 꽤 마음에 드는 놈이지만 최종 보상은 역시나 불가능하리라.

하지만 민혁은 곧 흐흐흐 하고 웃어 보였다.

"맛있는 열매라니, 우와!"

"……?"

블란은 의아한 표정으로 그를 보았다.

"맛있는 열매가 자그마치 일곱 개라는 건가요?"

민혁은 마하바의 더블링에는 쥐꼬리만큼도 관심이 없어 보였다.

"그럼 전 씨앗 안 드리고 제가 키워서 맛있는 열매 먹을래요!"

"……진심인가?"

"그거 당연한 거 아닌가요? 거참, 당연히 맛있는 열매가 나는 씨앗이 더 좋지, 무슨 아이템 따위가 중요한가요! 아이템이 밥 먹여줘요?"

민혁은 정말 그것이 사실이라는 것처럼 말했다.

"먹는다는 건 내 몸에 흡수되는 거지만 아이템은 그저 아이템일 뿐."

그리고 묘하게 설득력이 있었다. 그 말을 들으면서도 블란은 코끝이 찡해졌다.

"자네, 사실은 그 씨앗이 어떠한 열매를 맺을지 궁금해서 그러는 거지?"

"……?"

민혁은 의아한 표정이었다.

이건 무슨 소리란 말인가? 맛있는 게 먹고 싶어서일 뿐인데!

거기에 울리는 알림.

[블란과의 친밀도가 상승합니다.]

[블란과의 친밀도가 상승합니다.]

[블란과의 친밀도가…….]

"자네는 정말 진정한 농사꾼의 자격을 갖추고 있군! 세상에, 어떠한 열매가 열릴지 궁금해서 씨앗을 가지겠다니!"

"아니, 더 맛……."

"자네는 타고난 농사꾼의 피를 이어받았어!"

착각은 착각을 낳는다. 사실 일반 사람의 기준에서 더 맛있는 걸 먹겠다고 씨앗을 선택하는 건 말이 안 된다.

거기에 민혁은 이제까지 고구마 캐기도 열심히 했다. 그는 은연중에 숨겼지만, 농사라는 것을 사랑하고 아꼈던 것 아니겠는가!

"정말 자네를 만난 건 내 평생의 행운일세!"

민혁은 대답하지 않았다. 그저 씨앗을 슬그머니 품속에 집어넣고 흐흐 웃었다.

'이렇게 스리슬쩍, 나의 것이 되는 것!'

"자, 이걸 받게나."

그러다가 민혁은 흠칫했다.

'아, 아직도 포기하시지 않으셨나?'

"시, 싫어, 안 돼! 죽어도 못 줘요! 이 씨앗만은 줄 수 없어요!"

민혁은 떼를 쓰듯 말했다. 블란은 피식 웃다가 그의 손에 마하바의 더블링을 쥐여주었다.

"아니, 자네가 가져야 해. 이 마하바의 더블링도. 그 씨앗에 서 열릴 열매도. 진정한 주인은 자네일세."

그 순간 민혁에게 알림이 울렸다.

[히든피스 '진정한 농사꾼의 기질을 갖춘 자'를 완료했습니다.]
[씨앗을 키우실 수 있습니다.]
[초급 농사가 레벨업 합니다.]
[초급 농사가 레벨업 합니다.]
[마하바의 더블링을 획득합니다.]

히든피스! 민혁은 그 말에 의아한 표정을 지었다.
'씨앗을 선택하는 게 당연한 건데!'
그런데 히든피스라니? 아리송할 수밖에!
하지만 곰곰이 생각해 보면 다른 사람들의 경우 씨앗보다 반지일 수도 있겠다는 생각이 들었다. 사람들은 아이템에 목 메고 강해지기 위해서라면 뭐든지 하니까 말이다.
"씨앗 좀 확인해 봐도 될까요?"
"그러지."
그리고 민혁은 씨앗을 전에도 확인했었다. 그때는 '보잘것없 는 씨앗'이라고만 쓰여 있었다.

(노력과 보살핌의 씨앗)

재료 등급: ?

특수 능력:

•?

설명: 노력과 보살핌의 씨앗은 진정한 자격을 갖춘 농사꾼만이 획득할 수 있는 특별한 씨앗이다. 계속해서 캐라! 캐면 캘수록 씨앗의 노력 퍼센트가 채워질 것이다. 그 퍼센트에 따라 씨앗이 맺는 결실은 달라질 것이며 지극정성 씨앗을 아끼고 사랑해 준다면 이 역시 씨앗이 반응할 것이다.

씨앗은 딱 2주 동안만 성장한다..

민혁은 흡족한 미소를 지으면서 다른 것들도 확인해 봤다.

(마하바의 더블링)

등급: 유니크

제한: 힘 60

내구도: 4,000/4,000

방어력: 101

특수 능력:

•마법 방어력+40

•스킬 흡수

민혁은 곧바로 추가로 붙어 있는 스킬도 확인해 봤다.

(흡수)

아티팩트 스킬

레벨: 없음

소요 마력: 70 / 쿨타임: 24시간

효과:

•100레벨 이상 차이가 나지 않을 시 상대방의 마법 공격, 혹은 물리 공격까지도 1회 흡수할 수 있으며 10분 안에 1회 착용자가 흡수한 힘을 사용할 수 있다.

"뭐, 나쁘진 않네."

이 역시 더블링. 이제 민혁은 자그마치 더블링을 두 개나 가지게 된 셈이라고 할 수 있을 거다.

민혁은 곧바로 초급 농사를 확인했다.

(초급 농사)

패시브 스킬

레벨: 7

효과:

•재료 채집, 캐기 등의 속도가 21% 더 빨라진다.

•15% 확률로 더 좋은 재료를 획득할 수 있다.

초급 농사는 특별히 변한 게 없었다. 하지만 레벨업 했다는 게 기쁘다. 더 좋은 재료를 캘 확률이 상승했으니까.

"이리로 오시게."

그리고 이어서 블란이 그를 이끌었다. 민혁은 그의 이끄는 대로 걸음 했다.

블란이 거주하는 오두막 인근. 그 뒤 장작이 쌓인 곳에 문이 하나 있었다. 민혁이 군고구마를 먹기 위해 장작을 빌릴 때 의아해했던 문이다.

하지만 블란의 허락 없이 여는 건 예의가 아니라고 생각했었다. 그리고 그 문을 열자 모습을 드러낸 것. 민혁은 감탄하고 또 감탄했다!

"와…… 와…… 와…… 와아아!"

민혁의 그 감탄 어린 목소리!

그에 블란은 흡족한 미소를 지었다.

"이번엔 감자일세!"

"우와아아!"

민혁의 감탄 어린 목소리가 커졌다. 민혁은 그 이후로 감자를 캐기 시작했다. 그리고 씨앗도 심었다.

감자로 해 먹을 수 있는 요리는 무궁무진하다.

감자튀김이나 감자샐러드, 또는 집밥의 밑반찬 중 최고인 감자채볶음과 같은 음식들! 그는 그때부터 계속해서 감자만 캐기 시작했다.

현실의 하루는 24시간. 게임 속으로는 약 96시간이다.

잠은 거의 현실 기준 하루에 2시간만을 잤다. 거기에서 남아 있는 시간 이상을 계속해서 그는 감자만 캤다.

잠? 먹을 것이 눈앞에 있는데 잠이 민혁을 막을 순 없었다.

[초급 농사가 레벨업 합니다.]
[레벨업 하셨습니다.]
[손재주 1을 획득합니다.]
[감자를 획득합니다.]

민혁의 감자 캐기는 계속되었다.

게임 속 시간으로 2주가 지났다. 어느새 대회가 얼마 남지 않았다.

게임을 종료하고 나온 민혁은 퀭해 보였다.

"민혁 군, 잠 좀 자야지 않겠어?"

"괜찮아요. 헤헤. 지금 감자가 이만큼 쌓였거든요!"

이진환의 걱정 어린 말에 민혁은 제스처로 표현했다. 그의 얼굴은 피곤해 보였지만 동시에 무척이나 기뻐 보였다.

오늘은 몸무게를 재는 날이다. 모두가 함께 체중계 앞으로 향했다.

민혁은 숨을 고르게 쉬었다. 그리고 천천히 그 육중한 몸을 체중계 위에 올렸다.

쿠우웅-

숫자가 변화하기 시작한다. 모두가 신중한 표정으로 체중계를 확인했다. 애석하게도 오늘 아버지는 급한 일이 있어 오시지 못했다.

민혁은 눈을 질끈 감았다.

'헉……!'

'억?'

그리고 주변의 사람들이 놀란 탄성을 흘리기 시작했다.

하지만 그들은 입 밖으로 소리를 내지 않기 위해 애썼다. 결과는 민혁이 직접 보는 게 좋을 것을 알았기 때문이다.

"저 눈 뜹니다?"

"그, 그래!"

민혁이 슬그머니 눈을 떴다. 그리고 체중계를 보았다.

체중계를 본 순간.

172.7kg.

민혁은 다리에 힘이 풀려 주저앉고 말았다. 500g이 빠져 있었다.

짝짝짝짝!

"축하한다, 민혁아."

창욱은 진심으로 그의 어깨 위로 손을 올렸다.

"민혁아, 축하한다!"

"축하한다, 강민혁!"

"넌 해낼 줄 알았다!"

모두가 밝은 얼굴로 말한다. 하지만 민혁의 귓가에 아무런 소리도 들려오지 않았다. 언제 죽을지 모른다고 생각했다. 이제 나에게 희망은 없다고. 나는 맛있는 것도 먹지 못하면서도 죽을 거라고.

한데, 변화가 생겼다. 500g이었다. 남들에겐 고작 500g일지 모른다. 하지만 민혁에겐 누구보다 갈망하고 누구보다 원했던 수치였다. 그의 눈에서 자신도 모르게 한 방울 눈물이 흘렀다.

"흑, 흐어엉!"

민혁이 울기 시작했다. 아주 서럽게, 슬프게 펑펑 울었다. 어쩌면 정말 게임 속 모습을 현실에서도 가질 수 있게 될지도 몰랐다.

"앞으로 더 지켜봐야 할지도 모르네, 민혁 군. 하지만 지금 분명히 변화가 생기고 있고 섭취량이 줄어들고 있어."

진환은 그 후의 말은 잇지 않았다.

'맛을 게임에서 충족시킴으로써 앞으로 큰 변화를 기대할 수 있을지도 몰라.'

하지만 지금은 그 말을 할 때가 아니다.

"흑흑흑흑!"

민혁이 정말 애처롭게 울었다. 주변의 사람들은 어쩔 줄을 몰라 했다. 기쁜 일이지만, 어떻게 보면 슬픈 일이기도 했다.

"야야, 왜 울고 그러냐. 형 맘 아프게."

"흐어어어어엉!"

하지만 민혁은 더 울었다.

"형이 아테네에서 사탕 사 줄게, 뚝!"

"뚝!"

"……헐?"

"헉……."

"컥?"

펑펑 울어대던 민혁이 사탕 그 한 마디에 울음이 그쳤다. 언제 울기라도 했냐는 듯 눈물을 훔쳐내고 창욱을 보며 말했다.

"딸기우유 맛이 진리인 거 아시죠?"

"……."

그리고 상상만 해도 기대된다는 듯 밝게 웃었다.

to be continued

쥐뿔도 없는 회귀

목마 퓨전판타지 장편소설

불친절하기 짝이 없는 이세계 '에리아'.
그곳에 소환된 '이성민'.

13년의 생활 끝에 죽음을 맞이한 그에게
또 한 번의 기회가 주어졌다.

재능이 없다.
그러나 그에겐 13년의 기억이 있다.

우연처럼 얽인 필연이, 그리고 목적이
그를 앞으로, 더 높은 곳으로 나아가게 한다.

이성민은 무엇을 바라였는가.
무엇이 되고 싶었는가.

"나는 다시 살아가 보고 싶다.
전생보다 나은 삶을."

마왕성 플레이어

트레샤 퓨전 판타지 장편소설
WISHBOOKS FUSION FANTASY STORY

신들의 전장, 하멜.

집으로 돌아가기 위한 마지막 싸움.
믿었던 동료가 배신했다!

[영혼 이식의 대상을 선택해 주십시오.]

뒤바뀐 운명. 최약의 마왕. 그리고…….

"이번에는 좀 다를 거다!"

어둠 속에 날카로운 칼날을 감춘,
마왕성 플레이어의 차가운 복수가 시작된다.